开悟卷

中外名家经典作品选

兰东辉 主编

当代世界出版社

图书在版编目(CIP)数据

中外名家经典作品选·开悟卷 / 兰东辉主编. -- 北京：当代世界出版社, 2012.7
 ISBN 978-7-5090-0824-9

Ⅰ. ①中… Ⅱ. ①兰… Ⅲ. ①散文集–中国 Ⅳ. ①I16

中国版本图书馆 CIP 数据核字(2012)第 059702 号

书　　名：	中外名家经典作品选·开悟卷
出版发行：	当代世界出版社
地　　址：	北京市复兴路 4 号（100860）
网　　址：	http://www.worldpress.com.cn
编务电话：	（010）83908456
发行电话：	（010）83908410（传真）
	（010）83908408
	（010）83908409
	（010）83908423（邮购）
经　　销：	新华书店
印　　刷：	三河市汇鑫印务有限公司
开　　本：	710 mm×1000 mm　1/16
印　　张：	12
字　　数：	120 千字
版　　次：	2012 年 7 月第 1 版
印　　次：	2012 年 7 月第 1 次
书　　号：	ISBN 978-7-5090-0824-9
定　　价：	23.80 元

如发现印装质量问题，请与承印厂联系调换。
版权所有，翻印必究；未经许可，不得转载！

目录

◎航船中的文明
朱自清 　　　　　　　　　　1

◎生命的价格——七毛钱
朱自清 　　　　　　　　　　5

◎捧与挖
鲁迅 　　　　　　　　　　　10

◎最先与最后
鲁迅 　　　　　　　　　　　14

◎吹牛的妙用
庐隐 　　　　　　　　　　　17

◎苦楝
梁容若 　　　　　　　　　　21

◎落叶
贾平凹 　　　　　　　　　　25

◎黄陵柏
贾平凹 　　　　　　　　　　28

◎岁月不能回流
佚名 　　　　　　　　　　　33

◎岁月和青春
赵丽宏 　　　　　　　　　　39

开悟卷

◎音乐的启迪

林非 44

◎我看老三届（节选）

王小波 49

◎人生是一条无法预知的曲线

胡敏 55

◎垂钓

余秋雨 60

◎品茶

郑瑛 64

◎慢半拍

孙道荣 71

◎桃花心木

林清玄 75

◎世界上最危险的动物是什么

曲格平 79

◎人的价值

[英]阿诺尔德·约瑟·汤因比 83

◎我的人生哲学

[埃及]阿巴斯·马哈茂德·阿卡德 89

◎坚硬的荒原（节选）

[乌拉圭]何塞·恩里克·罗多 94

◎光荣的荆棘路(节选)

[丹麦]汉斯·克里斯蒂安·安徒生　　　　99

◎笑与泪

[黎巴嫩]卡里·纪伯伦　　　　106

◎论青年与老年

[英]弗兰西斯·培根　　　　110

◎论名声

[德]亚瑟·叔本华　　　　114

◎论未来

[英]萨缪尔·约翰逊　　　　118

◎时间

[英]威廉·赫兹里特　　　　124

◎人生

[丹麦]布兰代斯,G.　　　　128

◎生与死

[意大利]达·芬奇　　　　133

◎牵线木偶

[法]亨利·柏格森　　　　136

◎关于爱情的沉思

[法]苏利·普吕多姆　　　　139

◎婴儿

[美]马克·吐温　　　　147

◎巴尔扎克之死

[法]维克多·雨果　　　　　　　　　152

◎悼念乔治·桑

[法]维克多·雨果　　　　　　　　　159

◎关于死亡

[奥地利]西格蒙德·弗洛伊德　　　　163

◎伟大的渴望

[德]弗里德里希·尼采　　　　　　　167

◎狱中书简

[德]罗莎·卢森堡　　　　　　　　　172

◎人是能够思想的芦苇

[法]布莱兹·帕斯卡尔　　　　　　　176

航船中的文明

朱自清

> 中国毕竟是礼义之邦，文明之古国呀！——我悔不该乱怪那"男女分坐"的精神文明了！

第一次乘夜航船，从绍兴府桥到西兴渡口。

绍兴到西兴本有汽油船。我因急于来杭，又因年来逐逐于火车轮船之中，也想"回到"航船里，领略先代生活的异样的趣味；所以不顾亲戚们的坚留和劝说（他们说航船里是很苦的），毅然决然地于下午六时左右下了船。有了"物质文明"的汽油船，却又有"精神文明"的航船，使我们徘徊其间，左右顾而乐之，真是二十世纪中国人的幸福了！

航船中的乘客大都是小商人，两个军弁是例外。满船没有一个士大夫，我区区或者可充个数儿——因为我曾读过几年书，又忝为大夫之后——但也是例外之例外！真的，那班士大夫到哪里去了呢？这不消说得，都到了轮船里去了！士大夫虽也擎着大旗拥护精神文明，但千虑不免一失，竟为那物质文明的孙儿，满身洋油气的小顽意儿骗得定定的，忍心害理的撇了那老相好。于是航船虽然照常行驶，而光彩已减少许多！这确是一件可以慨叹的事；而"国粹将亡"的呼声，似也不是徒然的了。呜呼，是谁之咎欤？

既然来到这"精神文明"的航船里，正可将船里的精神文明考察一番，才不虚此一行。但从哪里下手呢？这可有些为难，踌躇之间，恰好来了一个女人。——我说"来了"，仿佛亲眼看见，而孰知不然；我知道她"来了"，是在听见她尖锐的语音的时候。至于她的面貌，我至今还没有看见呢。这第一要怪我的近视眼，第二要怪那袭人的暮色，第三要怪——哼——要怪那"男女分坐"的精神文明了。女人坐在前面，男人坐在后面；那女人离我至少有两丈远，所以便不可见其脸了。且慢，这样左怪右怪，"其词若有憾焉"，你们或者猜想那女人怎样美呢。而孰知又大大的不然！我也曾"约略的"看来，都是乡下的黄面婆而已。至于尖锐的语音，那是少年的妇女所常有的，倒也不足为奇。然而这一次，那来了的女人的尖锐的语音竟致劳动区区的执笔者，却又另有缘故。在那语音里，表示出对于航船里精神文明的抗议；她说，"男人女人都是人！"她要坐到后面来，（因前面太挤，实无他故，合并声明。）而航船里的"规矩"是不许的。船家拦住她，她仗着她不是姑娘了，便老了脸皮，大着胆子，慢慢地说了那句话。她随即坐在原处，而"批评家"的议论繁然了。一个船家在船沿上走着，随便地说："男人女人都是人，是的，不错。做秤钩的也是铁，做秤锤的也是铁，做铁锚的也是铁，都是铁呀！"这一段批评大约十分巧妙，说出诸位"批评家"所要说的，于是众喙都息，这便成了定论。至于那女人，事实上早已坐下了；"孤掌难鸣"，或者她饱饫了诸位"批评家"的宏论，也不要鸣了罢。"是非之心"，虽然"人皆有之"，而撑船经商者流，对于名教之大防，竟能剖辨得这样"详明"，也着实亏他们了。中国毕竟是礼义之邦，文明之古国呀！——我悔不该乱怪那"男女分坐"的精神文明了！

"祸不单行"，凑巧又来了一个女人。她是带着男人来的。——呀，带着男人！正是，所以才"祸不单行"呀！——说得满口好绍兴的杭州话，在黑暗里隐隐露着一张白脸；带着五六分城市气。船家照他们的"规矩"，要将这一对儿生剌剌地分开；男人不好意思做声，女的却抢着说："我们是'一堆生'（一块儿）的！"太亲热的字眼，竟在"规规矩矩的"航船里说了！于是船家命令地嚷道："我们有我们的规矩，不管你'一堆生'不'一堆生'的！"大家都微笑了。有的沉吟地说："一堆生的？"有的惊奇地说："一'堆'生的！"有的嘲讽地说："哼，一堆生的！"在这四面楚歌里，凭你怎样伶牙俐齿，也只得服从了！"妇者，服也"，这原是她的本行呀。只看她毫不置辩，毫不懊恼，还是若无其事地和人攀谈，便知她确乎是"服也"了。这不能不感谢船家和乘客诸公"卫道"之功；而论功行赏，船家尤当首屈一指。呜呼，可以风矣！

在黑暗里征服了两个女人，这正是我们的光荣；而航船中的精神文明，也粲然可见了——于是乎书。

心香一瓣

中国自古就是个礼仪之邦,有"礼尚往来"等优良传统,也有"男女分坐"等陈规陋俗。

朱自清先生用幽默诙谐的笔调,通过对航船中见闻的描写,对旧社会"男女分坐"这一不成文的规矩进行了嘲讽。

历史的航船行进到今天,比起旧时代,中国社会已经变得相当开放和文明了。在全球化浪潮的冲击下,中国人的观念也逐渐与国际接轨。

分清中华文化与外来文化中的精粹与糟粕,取长补短,弘扬中华文明,在综合国力与文化软实力较量的当今国际舞台上,显得尤为关键。

作者简介

朱自清(1898—1948),原名自华,字佩弦,号秋实。现代著名散文家、诗人、学者、民主战士。1920年毕业于北京大学,后到清华大学任教。其散文以朴素缜密、清隽沉郁、语言洗练、文笔清丽著称,极富有真情实感。代表作有《荷塘月色》、《背影》、《桨声灯影里的秦淮河》等。

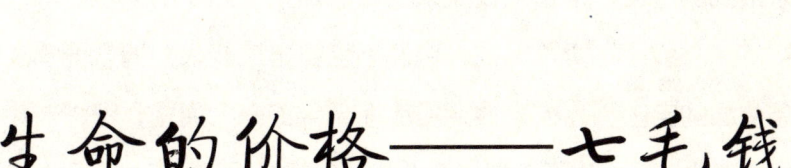

生命的价格——七毛钱

朱自清

> 因此想到自己的孩子的运命，真有些胆寒！钱世界里的生命市场存在一日，都是我们孩子的危险！都是我们孩子的侮辱！

生命本来不应该有价格的，而竟有了价格！人贩子，老鸨，以至近来的绑票土匪，都就他们的所有物，标上参差的价格，出卖于人；我想将来许还有公开的人市场呢！在种种"人货"里，价格最高的，自然是土匪们的票了，少则成千，多则成万；大约是有历史以来，"人货"的最高的行情的。其次是老鸨们所有的妓女，由数百元到数千元，是常常听到的。最贱的要算是人贩子的货色！他们所有的，只是些男女小孩，只是些"生货"，所以便卖不起价钱了。

人贩子只是"仲卖人"，他们还得取给于"厂家"，便是出卖孩子们的人家。"厂家"的价格才真是道地呢！《青光》里曾有一段记载,说三块钱买了一个丫头;那是移让过来的,但价格之低,也就够令人惊诧了!"厂家"的价格,却还有更低的!三百钱,五百钱买一个孩子,在灾荒时不算难事!但我不曾见过。我亲眼看见的一条最贱的生命,是七毛钱买来的!这是一个五岁的女孩子。一个五岁的"女孩子"卖七毛钱,也许不能算是最贱;但请您细看:将一条生命的自由和七枚小银元各放在天平的一个盘里,您将发现,正如九头牛与一根牛毛一样,两个盘儿的重量相差实在太远了!

我见这个女孩,是在房东家里。那时我正和孩子们吃饭;妻走来叫我看一件奇事,七毛钱买来的孩子!孩子端端正正地坐在条凳上;面孔黄黑色,但还丰润;衣帽也还整洁可看。我看了几眼,觉得和我们的孩子也没有什么差异;我看不出她的低贱的生命的符记——如我们看低贱的货色时所容易发见的符记。我回到自己的饭桌上,看看阿九和阿菜,始终觉得和那个女孩没有什么不同!但是,我毕竟发见真理了!我们的孩子所以高贵,正因为我们不曾出卖他们,而那个女孩所以低贱,正因为她是被出卖的;这就是她只值七毛钱的缘故了!呀,聪明的真理!

妻告诉我这孩子没有父母,她哥嫂将她卖给房东家姑爷开的银匠店里的伙计,便是带着她吃饭的那个人。他似乎没有老婆,手头很窘的,而且喜欢喝酒,是一个糊涂的人!我想这孩子父母若还在世,或者还舍不得卖她,至少也要迟几年卖她;因为她究竟是可怜可怜的小羔羊。到了哥嫂的手里,情形便不同了!家里总不宽裕,多一张嘴吃饭,多费些布做衣,是显而易见的。将来人大了,由哥嫂卖出,究竟是为难的;说不定还得找补些儿,才能送出去。这可多么冤呀!不如趁小的时候,谁也不注意,做个人情,送了干净!

您想，温州不算十分穷苦的地方，也没碰着大荒年，干什么得了七个小毛钱，就心甘情愿地将自己的小妹子捧给人家呢？说等钱用？谁也不信！七毛钱了得什么急事！温州又不是没人买的！大约买卖两方本来相知；那边恰要个孩子玩儿，这边也乐得出脱，便半送半卖的含糊定了交易。我猜想那时伙计向袋里一摸，一股脑儿掏了出来，只有七毛钱！哥哥原也不指望着这笔钱用，也就大大方方收了完事。于是财货两交，那女孩便归伙计管业了！

这一笔交易的将来，自然是在运命手里；女儿本姓"碰"，由她去碰吧了！但可知的，运命决不加惠于她！第一幕的戏已启示于我们了！照妻所说，那伙计必无这样耐心，抚养她成人长大！他将像豢养小猪一样，等到相当的肥壮的时候，便卖给屠户，任他宰割去；这其间他得了赚头，是理所当然的！但屠户是谁呢？在她卖做丫头的时候，便是主人！"仁慈的"主人只宰割她相当的劳力，如养羊而剪它的毛一样。到了相当的年纪，便将她配人。能够这样，她虽然被揿在丫头坯里，却还算不幸中之幸哩。但在目下这钱世界里，如此大方的人究竟是少的；我们所见的，十有六七是刻薄人！她若卖到这种人手里，他们必抈榨她过量的劳力。供不应求时，便骂也来了，打也来了！等她成熟时，却又好转卖给人家作妾；平常抈榨的不够，这儿又找补一个尾子！偏生这孩子模样儿又不好；入门不能得丈夫的欢心，容易遭大妇的凌虐，又是显然的！她的一生，将消磨于眼泪中了！也有些主人自己收婢作妾的；但红颜白发，也只空断送了她的一生！和前例相较，只是五十步与百步而已。——更可危的，她若被那伙计卖在妓院里，老鸨才真是个令人肉颤的屠户呢！我们可以想到：她怎样逼她学弹学唱，怎样驱遣她去做粗活！

怎样用藤筋打她，用针刺她！怎样督责她承欢卖笑！她怎样吃残羹冷饭！怎样打熬着不得睡觉！怎样终于生了一身毒疮！她的相貌使她只能做下等的妓女；她的沦落风尘是终生的！她的悲剧也是终生的！——唉！七毛钱竟买了你的全生命——你的血肉之躯竟抵不上区区七个小银元么？生命真太贱了！生命真太贱了！

因此想到自己的孩子的运命，真有些胆寒！钱世界里的生命市场存在一日，都是我们孩子的危险！都是我们孩子的侮辱！您有孩子的人呀，想想看，这是谁之罪呢？这是谁之责呢？

心香一瓣

生命无价,生命是高贵的,是不应该有价格的。然而,在旧社会,一个被卖的小女孩竟然和七毛钱等同了起来!社会的落后,生存的艰难,民众的愚昧,让人叹惋不已。

可慰的是,时代已经进步了很多。今天的社会,自由、民主、法制的阳光已经洒向了角角落落。要扫除一切黑暗的不公正的阴影,还需要每一位公民思想观念的改变和素质的提高。

[作者简介]

朱自清(1898—1948),原名自华,字佩弦,号秋实。现代著名散文家、诗人、学者、民主战士。1920年毕业于北京大学,后到清华大学任教。其散文以朴素缜密、清隽沉郁、语言洗练、文笔清丽著称,极富有真情实感。代表作有《荷塘月色》、《背影》、《桨声灯影里的秦淮河》等。

捧与挖

鲁迅

中国人的自讨苦吃的根苗在于捧,"自求多福"之道却在于挖。其实,劳力之量是差不多的,但从惰性太多的人们看来,却以为还是捧省力。

中国的人们,遇见带有会使自己不安的朕兆的人物,向来就用两样法:将他压下去,或者将他捧起来。

压下去就用旧习惯和旧道德,或者凭官力,所以孤独的精神的战士,虽然为民众战斗,却往往反为这"所为"而灭亡。到这样,他们这才安心了。压不下时,则于是乎捧,以为抬之使高,饜之使足,便可以于己稍稍无害,得以安心。

伶俐的人们,自然也有谋利而捧的,如捧阔老,捧戏子,捧总长之类;但在一般粗人,——就是未尝"读经"的,则凡有捧的行为的

"动机",大概是不过想免害。即以所奉祀的神道而论,也大抵是凶恶的,火神瘟神不待言,连财神也是蛇呀刺猬呀似的骇人的畜类;观音菩萨倒还可爱,然而那是从印度输入的,并非我们的"国粹"。要而言之:凡有被捧者,十之九不是好东西。

既然十之九不是好东西,则被捧而后,那结果便自然和捧者的希望适得其反了。不但能使不安,还能使他们很不安,因为人心本来不易餍足。然而人们终于至今没有悟,还以捧为苟安之一道。

记得有一部讲笑话的书,名目忘记了,也许是《笑林广记》罢,说,当一个知县的寿辰,因为他是子年生,属鼠的,属员们便集资铸了一个金老鼠去作贺礼。知县收受之后,另寻了机会对大众说道:明年又恰巧是贱内的整寿;她比我小一岁,是属牛的。其实,如果大家先不送金老鼠,他决不敢想金牛。一送开手,可就难于收拾了,无论金牛无力致送,即使送了,怕他的姨太太也会属象。象不在十二生肖之内,似乎不近情理罢,但这是我替他设想的法子罢了,知县当然别有我们所莫测高深的妙法在。

民元革命时候,我在S城,来了一个都督。他虽然也出身绿林大学,未尝"读经",但倒是还算顾大局,听舆论的,可是自绅士以至于庶民,又用了祖传的捧法群起而捧之了。这个拜会,那个恭维,今天送衣料,明天送翅席,捧得他连自己也忘其所以,结果是渐渐变成老官僚一样,动手刮地皮。

最奇怪的是北几省的河道,竟捧得河身比屋顶高得多了。

当初自然是防其溃决,所以壅上一点土;殊不料愈壅愈高,一旦溃决,那祸害就更大。于是就"抢堤"咧,"护堤"咧,"严防决堤"咧,花色繁多,大家吃苦。如果当初见河水泛滥,不去增堤,却去挖底，我以为决不至于这样。

有贪图金牛者，不但金老鼠，便是死老鼠也不给。那么，此辈也就连生日都未必做了。单是省却拜寿，已经是一件大快事。

中国人的自讨苦吃的根苗在于捧，"自求多福"之道却在于挖。其实，劳力之量是差不多的，但从惰性太多的人们看来，却以为还是捧省力。

心香一瓣

捧,是一种追捧,一种虚荣。表面是在推着人或事物前进,实则是在悄悄破坏他们建立起来的根基。到一定程度,就会使其有大厦将倾的危险。

挖,是一种反作用力,表面是在打压,实际却像对弹簧施压一样,可以挖掘出人或事物内部的潜能,促使其向正向发展。

但是,捧与挖,毕竟都是外力,内心的真正坚定与强大,才是最重要的。

此一时,彼一时。外部环境是变化不定的,永恒的安全只能来自自身。这样,无论是先压后捧,还是先捧后压,强者都会从容淡定、坦然应对。

[作者简介]

鲁迅(1881—1936),原名周树人,字豫才。伟大的无产阶级文学家、思想家、革命家。他的作品包括杂文、短篇小说、评论、散文、翻译作品等,对于五四以后的文学产生了深刻的影响。代表作有《呐喊》、《彷徨》、《故事新编》、《朝花夕拾》、《华盖集》等。

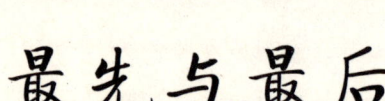

最先与最后

鲁迅

> 优胜者固然可敬,但那虽然落后而仍非跑至终点不止的竞技者,和见了这样竞技者而肃然不笑的看客,乃正是中国将来的脊梁。

《韩非子》说赛马的妙法,在于"不为最先,不耻最后"。

这虽是从我们这样外行的人看起来,也觉得很有理。因为假若一开首便拼命奔驰,则马力易竭。但那第一句是只适用于赛马的,不幸中国人却奉为人的处世金针了。

中国人不但"不为戎首","不为祸始",甚至于"不为福先"。所以凡事都不容易有改革;前驱和闯将,大抵是谁也怕得做。然而人性岂真能如道家所说的那样恬淡;欲得的却多。既然不敢径取,就只好用阴谋和手段。以此,人们也就日见其卑怯了,既是"不为最先",自然也不敢"不耻最后",所以虽是一大堆群众,略见危机,便

"纷纷作鸟兽散"了。如果偶有几个不肯退转，因而受害的，公论家便异口同声，称之曰傻子。对于"锲而不舍"的人们也一样。

我有时也偶尔去看看学校的运动会。这种竞争，本来不像两敌国的开战，挟有仇隙的，然而也会因了竞争而骂，或者竟打起来。但这些事又作别论。竞走的时候，大抵是最快的三四个人一到决胜点，其余的便松懈了，有几个还至于失了跑完预定的圈数的勇气，中途挤入看客的群集中；或者佯为跌倒，使红十字队用担架将他抬走。假若偶有虽然落后，却尽跑、尽跑的人，大家就嗤笑他。大概是因为他太不聪明，"不耻最后"的缘故罢。

所以中国一向就少有失败的英雄，少有韧性的反抗，少有敢单身鏖战的武人，少有敢抚哭叛徒的吊客；见胜兆则纷纷聚集，见败兆则纷纷逃亡。战具比我们精利的欧美人，战具未必比我们精利的匈奴蒙古满洲人，都如入无人之境。"土崩瓦解"这四个字，真是形容得有自知之明。

多有"不耻最后"的人的民族，无论什么事，怕总不会一下子就"土崩瓦解"的，我每看运动会时，常常这样想：优胜者固然可敬，但那虽然落后而仍非跑至终点不止的竞技者，和见了这样竞技者而肃然不笑的看客，乃正是中国将来的脊梁。

心香一瓣

一个社会要进步,总要有一些"敢为天下先"的勇士。"为天地立心,为生民立命",为了改革,他们不怕流血牺牲,勇为"鸡头",敢于担当。

一个社会要发展,同样需要一批追随先进人物的中坚力量。他们不是"鸡头",但也不甘心当"凤尾",而是积蓄着力量默默前进。

其实,最先也好,最后也罢,现在的位置并不重要,重要的是不要忘了自己的内心定位和前进的方向。

[作者简介]

鲁迅(1881—1936),原名周树人,字豫才。伟大的无产阶级文学家、思想家、革命家。他的作品包括杂文、短篇小说、评论、散文、翻译作品等,对于五四以后的文学产生了深刻的影响。代表作有《呐喊》、《彷徨》、《故事新编》、《朝花夕拾》、《华盖集》等。

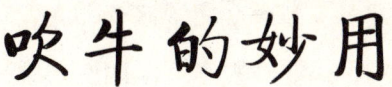

吹牛的妙用

庐隐

> 吹牛妙用虽大，但也要善吹，否则揭穿西洋镜，便没有戏可唱了。

吹牛是一种夸大狂，在道德家看来，也许认为是缺点，可是在处事接物上却是一种呱呱叫的妙用。假使你这一生缺少了吹牛的本领，别说好饭碗找不到，连黄包车夫也不放你在眼里的。

西洋人究竟近乎白痴，什么事都只讲究脚踏实地去做，这样费力气的勾当，我们聪明的中国人，简直连牙齿都要笑掉了。西洋人什么事都讲究按部就班的慢慢来，从来没有平地登天的捷径，而我们中国人专门走捷径，而走捷径的第一个法门，就是善吹牛。

吹牛是一件不可轻看的艺术，就如《修辞学》上不可缺少"张喻"一类的东西一样，像李白什么"黄河之水天上来"，又是什么

"白发三千丈"，这在《修辞学》上就叫作"张喻"，而在不懂《修辞学》的人看来就觉得李太白在吹牛了。

而且实际上说来，吹牛对于一个人的确有极大的妙用。人类这个东西，就有这么奇怪，无论什么事，你若老老实实的把实话告诉他，不但不能激起他共鸣的情绪，而且还要轻蔑你、冷笑你，假使你见了那摸不清你根底的人，不管你家里早饭的米是当了被褥换来的，只要你大言不惭地说"某部长是我父亲的好朋友，某政客是我拜把子的叔公，我认得某某某巨商，我的太太同某军阀的第五位太太是干姊妹"，吹起这一套法螺来，那摸不清你的人，便帖帖服服的向你合十顶礼，说不定碰得巧还恭而且敬的请你大吃一顿蒸菜席呢！

吹牛有了如许的好处，于是无论哪一类的人，都各尽其力的大吹其牛了。但是且慢！吹牛也要认清对方的，不然的话，必难打动他或她的心弦，那么就失掉吹牛的功效了。比如说你见了一个仰慕文人的无名作家或学生时，而你自己要自充老前辈时，你不用说别的，只要说胡适是我极熟的朋友，郁达夫是我最好的知己，最好你再转弯抹角的去探听一些关于胡适、郁达夫琐碎的轶事，比如说胡适最喜欢什么，郁达夫最讨厌什么，于是便可以亲亲切切的叫着"适之怎样怎样，达夫怎样怎样"，这样一来，你便也就成了胡适、郁达夫同等的人物，而被人所尊敬了。

如果你遇见一个好虚荣的女子呢，你就可以说你周游过列国，到过土耳其、南非洲！并且还是自费去的，这样一来就可以证明你不但学识、阅历丰富，而且还是个资产阶级。于是乎你的恋爱便立刻成功了。

你如遇见商贾、官僚、政客、军阀，都不妨察言观色，投其所好，大吹而特吹之。总而言之，好色者以色吹之，好利者以利吹之，好名者以名吹之，好权势者以权势吹之，此所谓以毒攻毒之法，无往而不胜。

或曰吹牛妙用虽大，但也要善吹，否则揭穿西洋镜，便没有戏可唱了。

这当然是实话，并且吹牛也要有相当的训练，第一要不红脸，你虽从来没有著过一本半本的书，但不妨咬紧牙根说："我的著作等身，只可恨被一把野火烧掉了！"你家里因为要请几个漂亮的客人吃饭，现买了一副碗碟，你便可以说："这些东西十年前就有了。"以表示你并不因为请客受窘。假如你荷包里只剩下一块大洋，朋友要邀你坐下来八圈，你就可以说："我的钱都放在银行里，今天竟匀不出工夫去取！"假如哪天你的太太感觉你没多大出息时，你就可以说张家大小姐说我的诗作的好，王家少奶奶说我脸子漂亮而有丈夫气，这样一来太太便立刻加倍的爱你了。

这一些吹牛经，说不胜说，但神而明之，存乎其人！

心香一瓣

吹牛的人，喜欢说大话、说空话，某些时候可能会哗众取宠或蒙混过关，但他们终究是山间竹笋，嘴尖皮厚腹中空，一不小心还会露出马脚。所以，这类人往往会招人厌恶。

但是，吹牛也有学问，若是反弹琵琶从社交角度重新考虑，吹牛在一些场合确实还有些妙用。"善吹"在某种程度上是一种讲话艺术。人生在世，不可避免会同各种人打交道，只要原则与立场正确，改变一下说话的方式，会收到出奇制胜的效果。

总之，做人还是要方圆有道，太死板或者太圆滑都不会在社交中赢得很好的人缘。

[作者简介]

庐隐（1898—1934），原名黄淑仪，又名黄英，福建闽侯人。著名女作家、诗人。1921年加入文学研究会，1927年任北京市立女子第一中学校长。著有小说集《海滨故人》、《曼丽》等。

苦楝

梁容若

过去在这荒凉山上，寂寞冷淡，叫它"可怜"，怕接近它惹上穷气，简慢名贤，像是很值得同情。然而这只是我们主观的感慨，谦逊扎实，自信自重的苦楝，默默生长，追求世界的历史的存在，也许不会注意到这些呢。

"桑条索漠楝花繁，风敛余香暗度垣。""小雨轻风落楝花，细红如雪点平沙。"当年读王荆公的诗，苦于不知道这种香艳撩人的楝花是什么。后来从《荆楚岁时记》、《蠡海集》一类书，知道了二十四番花信风的说法，梅花风最早，吹在小寒初；楝花风踱来最晚，在谷雨的第三候。普通说"开到荼蘼花事了"，其实最催后阵的是楝花，荼蘼的行次在第二十三。也许因为它更美艳动人，所以名气大过了楝花。从《尔雅翼》、《植物名实图考》、《外国植物辞典》等书，见到过楝花的图，印象还是很淡漠。

大度山上本来缺乏树木，东海大学建校以后，有计划地栽培了不少的花木，油加利、木麻黄、相思树、凤凰树、松、柏、榕、梅等中外优良的品种都有，成行成林，争荣斗妍；然而几年来我发现最适于这里的气候土壤，最有风致趣味的却是山上随地野生，为农民所不喜欢的苦铃树。

苦铃树据当地人说，因为它的果实像铃铛而味儿苦，所以这样命名。"苦铃"在台湾的话语中和"可怜"的音相近，因而变成了可怜树，有些人家避忌在住宅附近长这种树。我向生物系的朋友请教，看了实物，再看图书，才知道这就是诗人咏歌的楝花风的主体，也就是《本草》中名贵的金铃子的母树。苦铃应当是苦楝的讹变。诗人温庭筠、梅尧臣、陆放翁等都有诗歌专咏过它，附庸风雅的曹寅，自号楝亭，大概是他园亭有楝，引以自重，夸示天下吧！当然这些知识使我对于窗前窗后，绿阴扶疏，浓香四溢的三棵无名树，焕然改观，肃然起敬，真是踏破铁鞋无觅处，得来全不费工夫。这样闻过名，看过传记画像的名花，竟自相看两不厌，对面不相识地过了三年，惭愧啊！惭愧！

苦楝抗杂草、抗病害、抗旱、抗涝、抗风的能力特别强。种子大，生长快，一出来就能战胜四周深根的野草。在多风的山上，因为枝条疏，深冬落叶，主根深，绝不会被吹倒。疯狂的台风袭来，偶尔吹折几个枝子，也能就折断处，急长新枝，很快就恢复原状。在台中一带，清明前后，开成串五瓣的小紫花，颜色味道儿极像华北的紫丁香，略淡略轻倩，香气传得远，也较清素，活像是紫丁香的妹妹；可是身材大，花多，比起灌木类的丁香来，大方洒脱，迎风送娇，别有风姿。结成椭圆的果实，冬天长熟后成为光亮橙黄色，所以叫铃子。照《管子》、《淮南子》的说法，这是凤凰的惟一食粮。《风俗通》却说，獬豸吃了可以养志。现在凤凰獬豸等灵物，既然一去不来，儿童们就采它作珠串作弹子作玩具，真是大材小用，世风不古了。

《本草》医书里记着，楝树的花果根叶，都可以作药用，所治的病，名目繁多，内服外敷洗涤剂应有尽有。说多了，不免夸张，这些自然还需要科学分析的证明。《齐民要术》里说"种楝五年，可作大椽"，却是很真实。《荆楚岁时记》记载，凶猛的蛟龙都怕楝，所以端午节投江祭屈原的粽子，要加上楝叶，屈原就准吃得着。陶弘景又说，五月节佩带楝叶，可以避种种邪。这么多的神奇传说，附丽到楝树身上，大概因为它早有大名，越不平常，大家对它越想入非非。

楝树苦炼成家的故事，年深月久，已经没法仔细考究了。当前的它，有香有色，有体有用，大有来历，充满神话，却属无可否认。过去在这荒凉山上，寂寞冷淡，叫它"可怜"，怕接近它惹上穷气，简慢名贤，像是很值得同情。然而这只是我们主观的感慨，谦逊扎实，自信自重的苦楝，默默生长，追求世界的历史的存在，也许不会注意到这些呢。

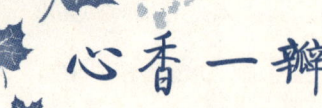

苦楝树有着顽强的生命力,有多种医用价值,但长期以来却被人们附着上了各种神话色彩,很少有人去思考它对我们的人生启示。

坚强执着、默默无闻、自信自重,这是苦楝树的风格,也是现代人比较缺乏的一种人生奋斗观。

当我们背负着名缰利锁的十字架而终日惶惶不堪时,不妨学学苦楝树,做一个不起眼的"小人物",与世无争地恪守着自己做人的信条,一步步去实现心中的目标。这样,我们收获的才将会是一种沉甸甸的人生。

[作者简介]

梁容若(1904—1997),语言学者、比较文学家。河北人。早年就读于北平师范大学,毕业后留学日本,回国后在大学任教,并从事语言文学研究。1948年到台湾。历任台湾大学、台湾师范大学、东海大学中文系教授,《国语日报》编辑。1975年退休后到美国游学。1981年回国任北京师范大学客座教授。著有《国语与国文》、《文史论丛》、《中国文化东渐研究》、《坦白与说谎》、《容若散文集》等。

落叶

贾平凹

> 原来法桐的生长,不仅是绿的生命的运动,还是一道哲学的命题在验证:欢乐到来,欢乐又归去,这正是天地间欢乐的内容;世间万物,正是寻求着这个内容,而各自完成着它的存在。

窗外,有一棵法桐,样子并不大的,春天的日子里,它长满了叶子。枝根的,绿得深,枝梢的,绿得浅;虽然对列相间而生,一片和一片不相同,姿态也各有别。没风的时候,显得很丰满,娇嫩而端庄的模样。一早一晚的斜风里,叶子就活动起来,天幕的衬托下,看得见那叶背上了了的绿的脉络,像无数的彩蝴蝶落在那里,又像一位少妇,丰姿绰约的,作一个妩媚的笑。

我常常坐在窗里看它,感到温柔和美好。我甚至十分忌妒那住在枝间的鸟夫妻，它们停在叶下欢唱，是它们给法桐带来了绿的欢乐呢，还是绿的欢乐使它们产生了歌声的清妙？

法桐的欢乐，一直要延长一个夏天。我总想那鼓满着憧憬的叶子，一定要长大如蒲扇的，但到了深秋，叶子并不再长，反要一片一片落去。法桐就削瘦起来，寒伧起来，变得赤裸裸的，唯有些嶙嶙的骨。而且亦都僵硬，不再柔软婀娜，用手一折，就一节一节地断了下来。

我觉得这很残酷，特意要去树下拣一片落叶，保留起来，以作往昔的回忆。想：可怜的法桐，是谁给了你生命，让你这般长在土地上？既然给了你这一身的绿的欢乐，为什么偏偏又要一片一片收去呢！

来年的春上，法桐又长满了叶子，依然是浅绿的好，深绿的也好。我将历年收留的落叶拿出来，和这新叶比较，叶的轮廓是一样的。喔，叶子，你们认识吗，知道这一片是那一片的代替吗？或许就从一个叶柄眼里长上来，凋落的曾经那么悠悠地欢乐过，欢乐的也将要寂寂地凋落去。

然而，它们并不悲伤，欢乐时须尽欢乐。如此而已，法桐竟一年大出一年，长过了窗台，与屋檐齐平了！

我忽然醒悟了，觉得我往日的哀叹大可不必，而且十分地幼稚呢。原来法桐的生长，不仅是绿的生命的运动，还是一道哲学的命题在验证：欢乐到来，欢乐又归去，这正是天地间欢乐的内容。世间万物，正是寻求着这个内容，而各自完成着它的存在。

我于是很敬仰起法桐来，祝福于它：它年年凋落旧叶，而以此渴望着来年的新生，它才没有停滞，没有老化，而目标在天地空间里长成材了。

心香一瓣

花开花落，一年又一年，树木叶落凋零，然而枯败的背后却是一种成长方式，时间化为年轮的增长，生命由此生生不息。

世间万物皆是如此，旧的事物终将被新生事物所取代，没有落叶凋零，就不会有新叶生长；没有新的思想代替陈腐守旧的思想，社会就不会前进，所以有些事物的终结并不都意味着结束，也有可能是新生事物的开始。

[作者简介]

贾平凹（1952—），陕西丹凤人，西北大学中文系毕业后任陕西人民出版社文艺编辑、《长安》文学月刊编辑。现为陕西省作家协会主席、西安市文联主席、西安建筑科技大学人文学院院长、《美文》杂志主编等。著有小说集《贾平凹获奖中篇小说集》、《贾平凹自选集》，长篇小说《商州》、《白夜》，自传体长篇《我是农民》等。《腊月·正月》获中国作协第三届全国优秀中篇小说奖，《满月》获1978年全国优秀短篇小说奖，《废都》获1997年法国费米那文学奖，《浮躁》获1987年美国美孚飞马文学奖。

黄陵柏

贾平凹

最后那次上山,是在夜晚,月亮就在天上,林中远影憧憧,近外迷离,陡然间,产生异样的感觉:我站在这里,也是一棵柏吗?面对着我民族的始祖,我会是一棵什么样的柏呢?

从铜川往北数百里,全是赤裸裸的荒山秃岭,到了桥山,出奇地却长满了柏树。一棵树一个绿的波浪,层层叠叠卷上去,像一个立体的湖泊。天放晴的时候,湖泊丝纹不动,绿得隐隐透蓝;逢着刮风下雨了,满山就温柔地拂动,绿深起来,碧碧的,青青的,末了,似乎欲晶莹了,在这黄褐褐的世界里,像一颗偌大的绿宝石,灿灿地要映照出一切。

山上有一条小路,曲曲折折爬上去,山顶就有丘土堆,活脱是一个山上的山：这便是黄帝陵了。站在陵墓往下看，才知满山没有一眼流泉，也不见飞禽走兽，柏籽在倏忽落地，籁籁地如洒起细雨，满鼻满口都是柏的荃香了。最有趣的，那柏全都枝叶瑟瑟缩缩，如一根一根桩的模样，肉肉的，依山而微微趋身，似乎是向陵墓肃然静默，立即使游客失去了轻狂和浮华，刹那间入了庄重、虔诚的境界，再不敢有了言辞，只提了脚步儿在厚厚的落叶上悄悄起落。

我三次上过桥山，每次都在这窸窣的柏林里静观，一呆半日，于是看出柏的好多妙事。回来用笔记下，归类十多种，竟成了一册柏谱。

柏谱这么记载：

山下柏：阴面少枝无叶，阳面枝叶却繁极密极，腰身弓弓的，如负重载。顶端是一丛柏朵的三角形状，似乎是拉长了脖子，向山上仰望着什么；下边的柏枝便垂垂下来，又像在做着无可奈何的手势。它奋命地向上长着，但终没有山上的一棵草高，于是，寄希望于后代，枝头累累的，都是些柏子。

伞柏：这柏如伞一样，光光的身子上，突然顶一蓬枝叶，圆圆坨坨的。从上看不见干，从下望不着天；树下从不见雨，亦不见光，数丈之地，不长出一棵小草。一早一晚，山风拂来，伞顶嘎嘎作响，如雷电爆裂。

坡坎柏：它处在险恶之中。似乎永远没有安全感，但却正如此十分地安全。根从坎壁上横出，然后突然崛上，形成一个直角，每一条枝，每一根节，都表现着十分的努力，以致全扭歪了。柏叶却很丰腴，临风袅袅浮动。如悠悠的云，日光下泄，倩影便款款落地，如动画一般，显出如狮，如虎，如隼的万般形象。

平地柏：因为得天独厚，身一出地，便肆意横生，干少而叶多，不为高大，但求雍容。风很少刮过来，雨水却得到满足，每一弱枝，必结柏子，子小花大，瓣裂四片五片，但却不能发芽：大半被松鼠拉去，小半被麻雀叼走。

风头柏：分明是一座塔的形象，经营着庄严，建筑着气势。枝叶全相对展开，一朵一朵，呈蒲扇状；在四面来风之中，执着八方盾牌，步步为营地向空间进军。

屈柏：如弓一样俯在地上，背上暴露着一个接一个的疙瘩，似人的脊髓，身下却裂开来，是蚂蚁的天国。仅仅几朵枝叶，落地时却平面伸来，作求拜状。游客便以其身为椅，男者，女者全骑上去，一压一摇，作晃板的快乐。

桩柏：枝叶于它是多余的，全然一个赤身，数十丈高，纹沟从上到下，不弯不屈。头顶三丛四丛柏朵，宣布着自己并未死去，安详得却如停驻的云。

朽柏：只剩下半个身子，其实仅仅是半圈空空的皮壳，被护林人用石头砌起、补了缺，毛老鼠便拉来了大量的柏子，在那头的穴孔里做起一个仓库。

挤柏：它们存心是来拥挤的，目标就在天空，比试谁第一个到达，狭窄的面积，刺激着它们生存的竞争；生存的竞争，使它们一起成为山上最高最直的代表。

孤柏：太富裕了，使它养成东拐西歪的懒散习气；太自在了，左顾右盼地尽长了岔枝。

石缝柏：实在没地方了，就到石崖上去，只要有一条细根伸进去，便要石崖挤出缝来，再抱住它，把根织成个密网。用力太过度了，根如淤了血的手指，青而黑，黑如铁。虽然比别人长得慢，浑身却成了油心，摸摸粘手，敲之叮叮，投一块石子砸去，立即反弹起来，身上不留一点儿痕迹。

柏中柏：一棵小柏长在一棵老柏的空心里。老者已断上身，小者一身汪绿，风里便作媚态。

夹石柏：也许是一块石头突然从山上滚下，将它砸断了，石头就永远坐在疤坑里，宣告着它的死亡。但疤沿一愈合起来，就又从四周一起往上长，竟抽出新枝，死死将石头夹住了。从此，再不能取下，或许夹成碎末，或许就成了它身体里的一部分。

山顶柏：以为是最高的了，其实不过三尺，又都秃了顶。

芽柏：一个什么动物的头骨，用什么力量也不能使其分开，被遗弃在这里了。一颗小小的柏子落下来的，静静地躺地头骨里，一场雨后，它发芽了。那么一小点绿，但它迅速地从骨缝里长起来，头骨竟神奇地分裂了。它似乎是与生命开个玩笑，以暂短的生存证明了它无比的力。

默默地从这无数的柏中走过，我总要站在黄帝陵前肃立片刻，做我的幼稚而荒唐的遐想。最后那次上山，是在夜晚，月亮就在天上，林中远影憧憧，近外迷离，陡然间，产生异样的感觉：我站在这里，也是一棵柏吗？面对着我民族的始祖，我会是一棵什么样的柏呢？

心香一瓣

黄帝陵十五种柏树的生存状态,不就是十五种人生吗?

"山下柏",象征出身卑微但又不甘居下游的人;"挤柏",象征处逆境而不断抗争的人;"孤柏",是一副生活优越、懒散无为的富家子弟模样……每种柏树都是一种人生写照,你的生活属于哪一种呢?

我们无法改变自己的出生环境,但可以像山下柏、挤柏、夹石柏那样力争上游,诠释小人物的成功哲学;我们不能像平地柏、屈柏那样安于现状或苟且偷生,我们要勇敢地迎接风雨,活出生命的精彩……

作者简介

贾平凹(1952—),陕西丹凤人,西北大学中文系毕业后任陕西人民出版社文艺编辑、《长安》文学月刊编辑。现为陕西省作家协会主席、西安市文联主席、西安建筑科技大学人文学院院长、《美文》杂志主编等。著有小说集《贾平凹获奖中篇小说集》、《贾平凹自选集》,长篇小说《商州》、《白夜》,自传体长篇《我是农民》等。《腊月·正月》获中国作协第三届全国优秀中篇小说奖,《满月》获1978年全国优秀短篇小说奖,《废都》获1997年法国费米那文学奖,《浮躁》获1987年美国美孚飞马文学奖。

岁月不能回流

佚名

黄金有价，糖人无价，而老翁，则是一个活宝啊！捏糖人是民间艺术，是祖国光辉灿烂文化的一部分，我要把这个瑰宝抢回来，留在我们的艺术宝库，让我们的子子孙孙知道，他的祖先，曾有这样一种艺术样式。

糖人儿，是最能逗人情思的了。

捏糖人儿的，是一位老翁。"老翁"，家乡人人都这样称呼他，就连怀里抱着孙子的老人，也这样说："我们小的时候，就吃着他的糖人儿，那时，他就是一个老头儿了。"然而对于他，人们却又不详姓字，亦不知"贵庚"，那皓首苍髯，恍若隔世之人了。每年初冬，他悠悠而来，春天，又匆匆而去。来时，人们带着笑容迎接他；

去时，人们又无限惆怅、依恋：糖人儿遇热而化，他会不会也"化"了呢？但到了下一个冬天，他又悠悠而来了。

一副担子，前是糖锅，后是坐凳。糖锅旁放着各种工具，工具有刀、剪、镊、模；坐凳上挂一布兜，布兜里面装着麦秆儿。锅里有半锅糖，黑红色，表冷而里热；老翁皮肤粗糙，动作迟钝，然而心灵手巧，外俗而内秀。择一向阳地方，打扫干净，这才操起那带着沙音的破铜锣，"咣、咣、咣"几下，便招来了全村的孩子们，一些性急的娃娃，还会牵着奶奶和妈妈的衣襟跑哩。

老翁从不讨价还价，能满足每个孩子的心：破盆烂碗，旧鞋底，甚至一把麦秆儿，也能换来称心如意的糖人儿。这里是孩子们的天地，大人在旁，也从不多嘴，一任孩子选择。男孩子多是要"猴抡棍"。只见老翁用锅中的圆木棍儿，挑一块黏糊糊的糖来，放在手中搓来搓去，倏忽便成猴之雏型，再精雕细刻，刀剪齐上，末了，屁股上竖插一竹棍儿，肩上平穿一麦秆儿，再往其孔中过一细竹瓤儿，两边反向弯成九十度，尖头贴一小圆糖。成了，拿在手中一摇，猴抡棍之式活灵活现。女孩子则多是"老鼠顶石头"。开始，只见老翁取一大块糖弄来弄去，似乎要做个很大的老鼠。孩子窃喜，以为玩过了吃糖也是便宜的。谁知这时，又见老翁双手各执一头，慢慢拉长，越拉越细，屏住呼吸，气运丹田，直到老翁认为最好的时候，这才一边举起，一边吊空，那空着的手去轻轻一弹：掉在锅里的是四分之三，手中仅剩一点，孩子们都笑了，老翁也笑了。然后，他把那细头放在口中，口在吹，手在弄：老鼠的肚子鼓了，头也现了，两只耳朵尖尖的，嘴巴也出来了。再取一糖粒，置于鼠头，再吹，"石头"也出来了。栩栩如生，形象逼真，乐得孩子们哈哈大笑，大人也忍俊不禁了。至于那人物头像，则多是实心：掐一糖块，放在模内，压实，再取来麦秆贴上一提就行了；而较多复杂的三战虎牢关，醉打蒋门神，则需要花费更长的时间，也非三分五分所能买到。

年底年初，老翁的糖人儿摊前是再热闹不过的了。在城里工作的人都回来了，于是，孩子们便少不了拉他们到糖人摊前。这个喊叔叔，那个叫姑姑，什么没过门的婶婶和未结婚的"姑夫"，也被他们统统叫来了。那些平日里从父母那儿索不来钱，抑或家里能换的什物早已换光了的孩子们，这时便会缠来比其他孩子更好的糖人儿。尽管，他们的父母在一遍一遍地骂着"人来疯"，或者掏出腰包，给孩子摸出几分零钱，再在额头上戳一下："咱等晚上着！"但孩子却全然不顾——能欢乐时且欢乐，过后挨打怕什么！这个时候，也是老翁最高兴的时候。他会看到：那位多年前穿着开裆裤，一天到晚围在他摊前的铁蛋，竟成了"解放军叔叔"；那位为换糖人儿偷了他爹尚能穿的鞋，挨了打还没吃上糖的二柱，也当上了工人；那个剪了自己头发换糖人儿，被她妈痛打一顿的芳芳，架上琥珀眼镜当上了教师；还有那不知叫啥名儿的小伙子，正挎着位"时髦"，在指着老翁讲他小时候弄糖人儿的故事……这时，老翁脸上便绽开了花。在大家的问候声中，说："老了，快到那冬暖夏凉的地方（指坟墓）去了。"

我小的时候，父亲在城里工作，妈妈手头多少宽绰些，这就使我有更优越的条件弄糖人儿。皮球可以不玩，饭菜可以不吃，而糖人儿却不能不弄。锣一响，准到；人去摊散，还乐而忘归。妈妈也在摊前，我挑选，她出钱，花几分钱买孩子个笑脸，妈妈是从不吝啬的。按妈妈的想法，玩玩而已，吃糖为本，玩着痛快，吃着有味，老人们总是讲求实惠啊！而我，却不这样想，一来总是"猴抡棍"。久而久之，那老翁竟认识了我，我一到，他准会笑眯眯地说："猴来了！""猴抡棍"不知买过多少次，也不知化过多少次，老翁操作的全过程，我竟也了如指掌，成"猴"在胸了，闭着眼睛，我也做得来，只不过没有老翁做的好罢了。玩，也和其他孩子不同，总是把它插入炕边的砖缝内，早晚总要看来看去，每每梦中还在玩哩。为了不使它化，我睡的土炕从不要妈妈烧，更不要说生炉子了。有一年，竟放到三月初上，我高兴得半宵没睡，谁知一觉醒来，它却成了"流泪的红蜡烛"，我也哭成泪人儿了……

及至我高中毕业，回乡做了民办教师，还特别喜爱弄这玩意儿；不过，这时我的心绪已不在那"猴抡棍"、"老鼠顶石头"了——我让老翁做"蚂蚱吃辣椒"，置于桌上，插在瓶中。每每夜阑人静，我伏在案头备课时，便不时地瞟上一眼两眼：灯光下，辣椒是那样的鲜红红、活脱脱，嫩而欲滴，惹人爱怜；而蚂蚱，那翅膀一会儿是青的，一会儿是蓝的，一会儿又变成黄的。色调全凭灯光照耀，而又需要从不同的角度着目，它后腿很长，略向后蹬，身子前倾，看上去真像刚跳上辣椒杆，立足未稳的样子；眼神，则是那样的专心、认真，甚至贪婪，竟不知"黄雀在后"了。每当这个时候，我倦意全消，嗅着清新的墨香，认真备起课来……

关于糖人儿的记忆是很多的，关于老翁的事儿却一点儿也不知道。有几回，凭着和他熟悉，我鼓起勇气问他，他却一个字也没透露。几年之后，才从旁人口中得知，老翁九十多岁了，他的手艺，是从他的爷爷，一位清朝同治年间的人手中得来的，捏糖人儿的，在那个时代，是被人瞧不起的，与乐人同类，和乞丐划一，媳妇自然是娶不上的。好在他爷爷曾在清廷干过事，娶下了他的奶奶，生下了他的父亲，而他，则是他父亲从一位要饭的手中买下的，时年十岁，契约上言明：买儿不在防老，无子亦非不孝，缘为继承祖业，使其发扬光大。

　　这一年，我考上了大学。四年后，分配到省上一个文物单位。报到之后，我赶回家里去——我要找到这位糖人老翁：黄金有价，糖人无价，而老翁，则是一个活宝啊！捏糖人是民间艺术，是祖国光辉灿烂文化的一部分，我要把这个瑰宝抢回来，留在我们的艺术宝库，让我们的子子孙孙知道，他的祖先，曾有这样一种艺术样式。

　　然而迟了，待到我诚惶诚恐地来到这面土窑洞时，老翁已殁了。乡邻们告诉我，老翁仙逝在上一年的中秋。在那藕大如船，饼圆如月的夜晚，茕然无依的老翁，在秋风呜咽，灯影暗淡中去了。去时，老翁心里是很明白的，他说，几十年里，我走街串巷，逗乐了孩子，孩子们大了，却没有看得起这个行当。末了，他嘴里数十遍地念叨着："和尚没儿孝子多，孝子多又顶什么？"

　　我哭了……

心香一瓣

很多像老翁这样走街串巷叫卖的小贩或艺人,承载了我们关于童年的难忘记忆,但是随着岁月的流逝,他们却又被我们悄悄遗忘于遥远的记忆角落里……

他们受人歧视,他们被我们的社会边缘化,只因他们已经年迈,只因他们一直坚守着那些传统的玩意儿,只因他们被贴上了"落伍"的标签……

当厌倦了光怪陆离的现代社会,我们才会想起他们。可是,岁月早已不能回流。珍惜并发扬优秀的民俗文化吧,不要等到它们濒临消亡时才洒下遗憾的眼泪。

岁月和青春

赵丽宏

岁 月

恒古如一,来而复去,永不停留。我听见岁月的脚步正在大地上回荡……

它是一条河,没有人能阻挡它永恒的流动。天地宇宙是它的流域,浩瀚人心是它的河床。

它是寒风中飘零的落叶,是阳光下盛开的花朵,也是春雨里刚刚萌动的幼芽。

它是步履蹒跚的老人,是英姿勃发的青年,也是满目稚气的幼儿。

它伸出一双无形的手,冷静地将日历一页一页往后翻,人世间没有任何力量能锁住这双手。它把今天变成昨天,把昨天变成历史。当熟悉的往事逐渐遥远的时候,陌生的未来正一步一步临近。

它像一把雕刻刀,永无休止地雕琢着世间万物,也镌刻着形形色色的人生。所有一切都是它雕刻的对象,谁也无法逃避。天上的云,地上的路,海里的浪花,河面的桥梁,森林里的树木,城市中的高楼……老人头上的白发和脸上的寿斑是它的作品,少男少女眼神中的清纯和激情也是它的划痕。

它把一个又一个难忘的瞬间留在旅途上,这些瞬间,或许辉煌得耀眼,或许幽暗得惊心,或许美妙如仙境,或许可怕似陷阱,或许是千万人瞩目的成功,或许是永不能弥补的缺憾……你想耽留在这些瞬间,陶醉于你的欢乐和成功,或者沉湎于你的忧伤和愁苦,它却毫不理会,依然以不变的步伐走向远方,把你抛在它的身后。

面壁十年或者昙花一现,在它的脚步中都只是过去的一瞬。

只有未来,是它还来不及淹没,来不及雕刻,来不及定型的领域。那么,就让我们格外地珍视未来吧,让我们为迎候即将临近的未来做好准备。当未来像一片新芽冒出地面,当未来像一缕霞光照亮天空,当未来轻轻地叩响今日之门,我们便不至于手足无措。

站在岁月的河畔,我看见未来的浪潮正汹涌而来。每一个人都是浪中的船,每一只船都要抵达港……

在迎送岁月的同时,我们正在创造历史。

青春

　　世界上，还有什么字眼比"青春"这两个字更动人，更富有魅力？

　　青春是早晨的太阳，她容光焕发，灿烂耀眼，所有的阴郁和灰暗都遭到她的驱逐。

　　青春是江河里奔涌的激浪，天地间回荡着她澎湃的激情，谁也无法阻挡她寻求大海的脚步。

　　青春是一只高飞在天的鸟，她美丽的翅膀像彩色的旗帜，召唤着理想，憧憬着未来。

　　青春是一棵枝叶葳蕤的树，她用绿色光芒感染着所有生灵，使春天的景象常留在人间。

　　青春是一支余韵不绝的歌，她把浪漫的情怀和严峻的现实交织在一起，拨动每一个人的心弦。

　　青春是蓬蓬勃勃的生机，是不会泯灭的希望，是一往无前的勇敢，是生命中最辉煌的色彩……

　　当我写着上面这些文字的时候，我觉得自己的心跳在加快，无数年轻时代的往事浮现在记忆的屏幕上。

　　是的，青春总是和年轻连在一起。年轻人可以骄傲地大声宣布：青春属于我们。一个人，从出生，经历过婴儿、童年、少年、青年和中年，最后进入老年，这是铁定的自然规律，没有任何力量能改变这样的规律。在人的生命中，青年只是其中一个阶段。青春，难道只属于这个阶段？当发现自己鬓发染霜，肢体再不像从前那样灵活，眼睛也不像从前那样锐利明亮时，青年时代便已经成为过去。这时，青春是不是也已经如黄鹤一去不回，只留下和青春有关的回忆，安慰日渐衰老的心？

然而青春并不仅仅是一种物质，她更是一种精神。在青年人的生活中，我感受着青春的活力，在很多中年人和老人的思想中，我也感受到青春的魅力。八年前，我去看望冰心，我和她谈了一个多小时，谈文学，谈人生，也议论社会问题，展望未来的中国。和她谈话，使我忘记了她是一个90岁的老人，因为，她的感情真挚，思想犀利，她的精神状态中没有一点陈腐和老朽。从冰心的家里回来，我曾写过这样的诗句："只要心灵不老，只要思想年轻，青春就不会离你远去。"

心香一瓣

　　无情的岁月催促着青春的脚步,青春匆匆离我们而去,我们仰面叹息,却无能为力。在时间老人的面前,任何事物都显得如此苍白和无力。

　　生命之流不停地向前滚动,老了青春,老了容颜,但只要我们心灵不老,思想年轻,任岁月如何无情,青春都不会离我们远去。

[作者简介]

　　赵丽宏(1951—),上海崇明人。著名散文家,诗人,中国作家协会全委会委员,上海作家协会副主席。著作有散文集《风啊,你这弹琴的老手》、《生命草》、《维纳斯在海边》等。

音乐的启迪

林非

> 音乐使我懂得了,如果没有渗透和蕴藏着这样的情感,那就无法成为触动人们心弦的艺术作品,情感的流露与表达无疑是审美的灵魂。

几十年来,无论是在欢乐或忧患之中,劳碌或闲散之时,我都从未离开过音乐。

二十世纪五六十年代,我被不断地派往乡下去种地,每天都累得直不起腰来,真是筋疲力竭,困顿不堪,不过当我匍匐在田野里,迎着清凉的微风,擦去额头的汗水,哼起贝多芬和斯美塔那的不少乐曲时,就觉得任何阴郁与忧伤的情绪,都无法来扰乱自己了,觉得还有着无穷无尽的力量可以生存下去。

七十年代初,我奉命去鄂豫边界的"五七干校",每当在殷红的晨曦和晚霞底下，迎着朝阳和落日，挥起手里的皮鞭，吆喝着几头倔强的水牛时，就回忆起无数打动过自己心灵的旋律。从巴赫到拉赫玛尼诺夫，竟像闪电似的在脑海里出现，一会儿使我悲怆欲泣，一会儿却又充满了无限的欢愉。这些难忘的往事，都已在自己的散文《我和牛》、《我在"干校"当牛倌》中描述过了。

八十年代初，我在美国的西海岸漫游时，曾住在一位美国汉学家的府上。每天深夜，我都要打开床前那台老式的收音机，聆听着莫扎特或鲍罗丁那些令人回肠荡气的曲子，想着人类艰辛的命运和崇高的追求，心里充满了希望和力量。

最近这十年中间，我每天的工作几乎都是枯坐在斗室里写书。音乐始终陪伴着我，催促我写完了十多部书稿。我的读书和写作，总是在音乐声中度过的。不过在这样的时刻，我只听优雅、柔美与和谐的乐曲，列那尔、约翰·斯特劳斯和雷哈尔的不少旋律，像是在为我的写作充当伴奏，还常常给我插上想象的翅膀，让我可以海阔天空地翱翔；至于那些雄伟深湛和激昂悲凉的曲子，忧心如焚和哀伤欲绝的主题，这时是不太敢听的，因为我怕它会打乱自己的思路。

我既不钻研乐理，也不探究作曲的奥秘，为什么在一生中都对音乐充满了如此浓厚的兴趣呢？这是因为从那里迸发出多少诚挚和圣洁的情感，深深地打动了我。真像《礼记·乐记》里所说的，"凡音者，生人心者也，情动于中，故形于声"；柏拉图的《理想国》里也说，"节奏与乐调有最强烈的力量浸入心灵的最深处"。那出自内心的欢乐或忧伤，安宁或焦虑，那奋进或彷徨的感情，那神往追求或失落绝望的思绪，简直让人们听了之后难以排遣，无法抗拒。

音乐使我懂得了，如果没有渗透和蕴藏着这样的情感，那就无法成为触动人们心弦的艺术作品，情感的流露与表达无疑是审美的灵魂。托尔斯泰在《艺术论》中曾下过这样著名的定义："作者所体验过的感情感染了观众或听众，这就是艺术。"作为一个定义来说，它肯定是表达得不够全面的，然而又不能不承认这位文学大师抓住了问题的关键。如果缺少了打动读者的感情，那至少就不会是一件成功的作品。

正是从音乐里倾泻出来的感情的激流，时刻在提醒着我，文学也同样应该具有真情实感，否则就无法植根于人们的心里。我们过去长期以来，在这方面往往都是忽略了，许多作品出现概念化的毛病，无法感动自己的读者。针对这样的情况，我在自己撰写的不少论文中，常常强调着文学艺术中的情感问题。

不用说像贝多芬交响乐那样气势磅礴的情感了，就是《高山流水》中流畅、清冽和深沉的音调，《广陵散》中愤懑、跌宕与慷慨的节拍，也可以使人们的心弦不住地颤抖与振荡。

音乐里这种激动人心的情感，还往往升华为永远飘扬在人们眼前的境界。门德尔松的《C小调小提琴协奏曲》，如怨如慕，如泣如诉，充满了温馨的怀念和对青春的渴望；肖邦的几首《夜曲》，晶莹明澈，静谧幽丽，像清风，像月光，像潺潺的小溪，像森林中长满了青苔的小径，像和知己倾吐着衷心的话语；布鲁赫的《G小调第一小提琴协奏曲》，有时像忧伤的晚秋，有时又像明媚的春天，还像一位诗人在抒发着苍劲和飒爽的情怀；柴可夫斯基的《降B小调第一钢琴协奏曲》，像春日来临时消融了冰冻的河流，汩汩地淌进人们迫切需要滋润的心田，这是青春的咏怀，这是对理想人生的礼赞。大凡这样美好的境界，都像是建筑在心灵里的阶梯，好让人们沿着它走向广阔与崇高。

怎么能够像那些璀璨的乐曲那样，一股股潺潺的情感之流，迸涌成为令人难忘和永远神往的艺术境界呢？这确实是值得思考与借鉴的。我读到过的不少文学作品，往往写得过于烦琐，罗列了众多的细节，却无法从若干感人肺腑的描绘中，蓦然之间升华出令人心向往之的境界来，因此它不能萦绕于读者的心头，引起他们不住地咀嚼与沉思。

至于音乐里那种色彩缤纷的艺术魅力，也简直是达到了令人难以捉摸的程度。不用说贝多芬《第五交响曲》和柴可夫斯基《第六交响曲》中的主题了，它们或悲壮激越，鼓舞人们与命运搏战；或凄楚哀婉，抚慰人们去憧憬光明，那些迷人的音响，简直可以让人细细琢磨一辈子的。就是塔尔蒂尼的《G小调奏鸣曲》，如此庄严沉寂，却又那样轻俏诙谐，实在使人赞叹不止。帕格尼尼华美与隽永，萨拉萨蒂凄怆伤痛与粗犷豪放，拉罗在潇洒和奔放中流露出哀怨的色调，令人有旷达而又悲凉之感。比才在使人眩目的种种色彩中，总是透出那一派揪住了人们心弦的节拍。德彪西却显得轻盈与柔美，像微风吹拂着晶莹的白云，拉威尔既有神秘和朦胧的音响，又有清澈与明亮的旋律，汇成了一支亢奋的悲歌。

我们今天的文学创作确实也应该像那些出色的乐曲一样，出现许多充满了魅力的艺术风格，这样的话，它肯定也会不胫而走，渗透到人们的心里去。

心香一瓣

音乐、诗歌、散文、舞蹈……哪一种艺术形式,不是人类情感的寄托与表达方式呢?

一件艺术作品,只有触动人们的心灵深处,唤起人们心灵之间的共鸣,才能流传不朽。

所以,艺术的灵魂,永远来自其中流淌的真情实感。唯真情可以穿越时空,唯真情可以跨越万水千山……

[作者简介]

林非(1931—),江苏海门人,1955年毕业于复旦大学中文系。历任中国社会科学院研究生院教授、文学系主任、博士研究生导师,中国鲁迅研究会会长,中国散文学会会长,中国散文家协会名誉会长等。出版有学术论著《鲁迅前期思想发展史略》、《鲁迅小说论稿》、《中国现代散文史稿》、《治学沉思录》等,散文《话说知音》、《离别》等。

我看老三届（节选）

王小波

> 对我来说，好就是好，坏就是坏，这个逻辑很够用。人生在世，会遇到一些好事，还会遇上些坏事。好事我承受得起，坏事也承受得住。就这样坦荡荡做个寻常人也不坏。

我也是"老三届"，本来该念书的年龄，我却到云南挖坑去了。这件事对我有害，尚在其次，还惹得父母为此而忧虑。有人说，知青的父母都要因儿女而减寿，我家的情况就是如此。做父母的总想庇护未成年的儿女，在特殊年代里，无力庇护，就代之以忧虑。身为人子，我为此感到内疚，尤其是先父去世后更是如此。当然，细想起来，罪不在我，但是感情总不能自已。

在上山下乡运动中，两千万知青境遇不同。有人感觉好些，有人感觉坏些。讨论整个老三届现象，就该把个人感情撇除在外，有颗平常心。老三届的人对此会缺少平常心，这是可以理解的。从历史的角度来看，这件事极不寻常。怎么就落在我们身上，这真叫活见鬼了。人生在什么国度，赶上什么样的年月，都不由自己来决定。所以这件事说到底，还是造化弄人。

上山下乡是件大坏事，对我们全体老三届来说，它还是一场飞来的横祸。当然，有个别人可能会从横祸中得益，举例来说，这种特殊的经历可能会有益于写作，但整个事件的性质却不可因此混淆。我们知道，有些盲人眼睛并没有坏，是脑子里的病，假如脑袋受到重击就可能复明。假设有这样一位盲人扶杖爬上楼梯，有个不良少年为了满足自己无聊的幽默感，把他一脚踢了下去，这位盲人因此复了明。但盲人滚下楼梯依然是件惨痛的事，尤其是踢盲人下楼者当然是个下流胚子，决不能因为该盲人复明就被看成是好人。这是一种简单的逻辑，大意是说，坏事就是坏事，好事就是好事，让我们先言尽于此。至于坏事可不可以变成好事，已经是另一个问题了。

我有一位老师，有先天的残疾，生下来时手心朝下，脚心朝上，不管自己怎么努力，都不能改变手脚的姿态。后来他到美国，在手术台上被人大卸八块又装了起来，勉强可以行走，但又多了些后遗症。他向我坦白说，对自己的这个残疾，他一直没有平常心：我在娘胎里没做过坏事，怎么就这样被生了下来？后来大夫告诉他说，这种病有六百万分之一的发生几率，换言之，他中了个一比六百万的大彩。我老师就此恢复了平常心。他说：所谓造化弄人，不过如此而已，这个彩我认了。他老人家在学术上有极大的成就，客观地说，和残疾是有一点关系的：因为别人玩时他总在用功。但我没听他说过：谢天谢地，我得了这种病！总而言之，在这件事上他是真正地有了平常心。顺便说一句，他从没有坐着轮椅上台"讲用"。我觉得这样较好。对残疾人的最大尊重，就是不把他当残疾人。

坦白地说，身为老三届，我也有没有平常心的时候，那就是在云南挖坑时。当时我心里想：妈的！比我们大的可以上大学，我们就该修理地球？真是不公平！这是一类想法。这个想法后来演变成：比我们小的也直接上大学，就我们非得先挖坑后上学，真他妈的不公平。另一类想法是：我将来要当作家，吃些苦可能是大好事，陀思妥耶夫斯基还上过绞首台哪。这个想法后来演变成：现在的年轻人没吃苦，也当不了作家。这两种想法搅在一起，会使人彻底糊涂。现在我出了几本书，但我却以为，后一种想法是没有道理的。假定此说是有理的，想当作家的人就该时常把自己吊起来，想当历史学家的人就该学太史公去掉自己的男根，想当音乐家的人就该买个风镐来家把自己震聋——以便像贝多芬，想当画家的人就该割去自己的耳朵——冒充梵·高。什么都想当的人就得把什么都去掉，像个梯子，听起来就不是个道理。总的来说，任何老三届优越的理论都没有平常心。当然，我也反对任何老三届恶劣的说法。老三届正在壮年，耳朵和男根齐备，为什么就不如人。在身为老三届这件事上，我也有了平常心：不就是荒废了十年学业吗？这个彩老子也认了。现在不过四十来岁，还可以努力嘛。

现在来谈谈那种坏事可以变好事，好事也可以变坏事的说法。

它来源于伟人，在伟人的头脑里是好的，但到了寻常人的头脑里就不起好作用，有时弄得人好赖不知，香臭不知。对我来说，好就是好，坏就是坏，这个逻辑很够用。人生在世，会遇到一些好事，还会遇上些坏事。好事我承受得起，坏事也承受得住。就这样坦荡荡做个寻常人也不坏。

本文是对《中国青年研究》第四期上彭泗清先生文章的回应。坦白地说，我对彭先生的文章不满，起先是因为他说了老三届的坏话。在我看来，老三届现象、老三届情结，是我们这茬人没有平常心造成的。人既然不是机器，偶尔失去平衡，应该是可以原谅的。但是仔细想来，"文革"过了快二十年了，人也不能总是没有平常心哪，老三届文人的一些自我吹嘘的言论，连我看着都肉麻。让我们先言尽于此：对于彭先生所举老三届心态的种种肉麻之处，我是同意的。

然后再说说我对彭先生的不满之处。彭先生对老三届的看法是否定的，对此我倒不想争辩，想争的是他讲出的那一番道理。他说老三届有种种特殊遭遇，所以他们是些特殊的人；这种特殊的人不怎么高明——这是一种特别糟糕的论调。翻过来，说这种特殊的人特别好，也同样的糟。这个论域貌似属于科学，其实属于伦理；它还是一切法西斯和偏执狂的策源地。我老师生出来时脚心朝上，但假如说的不是身体而是心智，就不能说他特殊。老三届的遭遇是特别，但我看他们也是些寻常人。对黑人、少数民族、女人，都该做如是观。罗素先生曾说，真正的伦理原则把人人同等看待。我以为这个原则是说，当语及他人时，首先该把他当个寻常人，然后再论他的善恶是非。这不是尊重他，而是尊重

"那人"，从最深的意义上说，更是尊重自己——所有的人毕竟属同一物种。人的成就、过失、美德和陋习，都不该用他的特殊来解释。"You are special"，这句话只适于对爱人讲。假如不是这么用，也很肉麻。

心香一瓣

"老三届"是指自1966年初夏文化大革命开始至1968年,自高中、初中的三届毕业生。他们停课后基本都当了知青,接受了上山下乡的改造生活。那段岁月使大多数知识分子身心都经受了一次较大的折磨和历练。

如何看待老三届现象?作为亲历者之一,王小波提倡以平常心对待这段人生阅历,正确看待它的利弊,而不是随意给这时期的人贴上时代标签而抹杀他们的个性。

"好就是好,坏就是坏",我们要学会像作家王小波一样坦然接受事物的真实面貌,以平常心应对人生的起起落落。

作者简介

王小波(1952—1997),当代著名学者、作家。北京人。1968年去云南插队,1978年考入中国人民大学学习商品学专业。1984年至1988年在美国匹兹堡大学学习,获硕士学位后回国,曾任教于北京大学和中国人民大学,后辞职专事写作。他为人、为文都颇有特立独行的意味,别具一格,深具批判精神。代表作有长篇小说"时代三部曲",电影文学剧本《东宫·西宫》及杂文随笔集《沉默的大多数》、《我的精神家园》等。

人生是一条无法预知的曲线

胡敏

> 人生既可如长江一泄千里、直奔东海，也可如黄河历经九曲、蜿蜒而去，都是生命的延续。不论是"一泄千里"还是"历经九曲"，它们都走了属于自己的轨迹。人生因为不断的挑战与拼搏，所以才有了此起彼伏、别样年华。

春节过后，新一轮的职场契机和新一届即将步入职场的大学生再次将目光聚焦在"公务员"身上。有人羡慕公务员的稳定、优福利，然而公务员未必适合于每一个人，相反，在我们周围不乏那些选择在一个普通工作岗位上默默付出，最终亦能走向职业巅峰的人，也不乏喜欢自我挑战、敢于拼搏，最后实现成功人生的人。正如电影《阿甘正传》中那句脍炙人口的名言："Life was like a box of chocolates, you never know what you're gonna get."。阿甘用他那双永不停歇的双脚走出了属于自己的人生曲线：从加入球队成为巨星，到参加越战解救战友，从迷上乒乓球成为中美使者，再到捕捞为业成为富翁，最后跑遍美国……他无法预知人生将会怎样，但不可否认的是他描绘了自己跌宕的人生，他用自身经历赋予了成功新的定义！

曾经有很多朋友问我："胡敏，你到现在还经常在全国各地跑来跑去，不累么？"他们一是出于对我的关心，二来认为我根本也不用再为了生计而奔波，其次可能依然对我当初放弃全日制大学里稳定的教职工作、放弃北京三室一厅的住房和不菲的待遇感到不解。尽管同样是三尺讲台，然而我渴望通过不同环境的尝试来让讲台的效用发挥到最大。每次我都跟他们说："累是累点，但是我很充实，倘若我整天呆在家里或者办公室无所事事的话我会更累，我是一个闲不住的人。"穿行在同学们中间，我享受着"予人玫瑰"的芳香，这远比一个安稳、舒适的工作让我感到充实。

记得 2010 年 11 月份，其中有一个星期，我一连往返于五个城市：西安—哈尔滨—长沙—北京—杭州，上一个城市的事情忙完就要急匆匆地赶往下一个城市。那天下午在结束北京的学术报告会后，我赶赴机场前往杭州，不料到达机场后由于天气原因，航班取消，后来我又不得不改乘火车。连续几天的奔波，体力困乏，上火车后躺下不到片刻我就睡着了。醒来后，我习惯性地朝窗外看，由于列车晃动比较厉害，我抓住栏杆，说："今天这飞机怎么回事，颠簸得这么厉害。"周围的人看着我满眼疑惑，几秒钟后当我恍过神来我才意识到：原来我是在火车上，闹了一个笑话。

不论是90年代的"下海经商"还是如今盛行的"自主创业"，抑或是最后的功成身退，每一个人都有属于自己独一无二的人生曲线，是我们自己决定着我们的人生是波澜壮阔还是水波不兴。当我第一次从朋友口中得知美国第一大社交网站Facebook和其创始人扎克伯格年仅25岁却已净资产达40亿美元时，我压根也想不到这位年轻亿万富翁的创业始于大学寝室。更让人意想不到的是此前他曾拒绝年薪95万美元的工作机会选择去哈佛大学上学，而在哈佛大学主修心理学和计算机期间又突发奇想，要建立大学生交流的网站，于是又辍学创业……或许正是扎克伯格独一无二的人生经历，造就了如今的Facebook传奇。在中国，很多人知悉王石并不是因为他创办了"万科"做大了一个企业，其实更多的是被他的登山事迹与他的人生态度所感染。他辞去亲手缔造的企业帝国的总经理，背上行囊，去征服一座座可丈量高度的山峰，对他而言重要的是他在不断尝试，享受过程。正如他个人坦言："其实，每次一进山我就后悔了，上到海拔四五千米，风刮着，头疼，恶心，我就骂自己，问自己怎么犯贱又来了？可爬着爬着，还没登顶，我又开始想下一次该登哪座山了。"不论是一座还是两座，不论是多高的海拔，身在其中人们享受的是征服自我、实现自我的过程。

人生既可如长江一泄千里、直奔东海，也可如黄河历经九曲、蜿蜒而去，都是生命的延续。不论是"一泄千里"还是"历经九曲"，它们都走了属于自己的轨迹。人生因为不断的挑战与拼搏，所以才有了此起彼伏、别样年华。职业本没有绝对的孰优孰劣，只有适合自己的才是最好的，身在其中，重要的是我们能否像阿甘那样以足够的勇气和精力来面对人生的每一个阶段，赋予它精彩的内涵，因为每一个人的人生轨迹就将是对于成功的最好诠释。

心香一瓣

不一样的生命轨迹,却会有一样的精彩。

不要总是羡慕别人拥有的东西,每个人的起点都不一样,但选择了不同的拐点,结果就会大大不同!

命运给予我们的不是失意之酒,而是机遇之杯。百川终到海,一路曲折又何妨?

所以,坦然面对人生的起起伏伏,不放弃,肯努力,终会迎来烟花般灿烂绽放的时刻!

作者简介

胡敏(1969—),湖南人,毕业于湘潭大学。著名教育专家、中国雅思之父、新航道国际教育集团总裁兼校长、留英学者。曾任国际关系学院英语系副主任、硕士生导师,原新东方总裁兼校长。2004年创办新航道国际教育集团。曾获英国文化协会授予的全球"雅思考试20年20人"杰出贡献奖等多个教育领域奖项。

垂钓

余秋雨

> 最大的对手也就是最大的朋友,很难分开。

去年夏天我与妻子买票参加了一个民间旅行团,从牡丹江出发,到俄罗斯的海参崴游玩。海参崴的主要魅力在于海,我们下榻的旅馆面对海,每天除了在阳台上看海,还要一次次下到海岸的最外沿,静静地看。

海参崴的海与别处不同,深灰色的迷蒙中透露出巨大的恐怖。我们眯缝着眼睛,把脖子缩进衣领,立即成了大自然凛冽威仪下的可怜小虫。其实岂止是我们,连海鸥也只在岸边盘旋,不敢远翔,四五条猎犬在沙滩上对着海浪狂吠,但才吠几声又缩脚逃回。逃回后又回头吠叫,呜呜的风声中永远夹带着这种凄惶的吠叫声,直到深更半夜。只有几艘兵舰在海雾中隐约,海雾浓了它们就淡,海雾淡了它们就浓，有时以为它们驶走了，定睛一看还在，看了几天都没有移动的迹象，就像一座座千古冰山。我们在海边说话，尽量压低了声音，怕惊动了冥冥中的什么。

在一个小小的弯角上，我们发现，端坐着一胖一瘦两个垂钓的老人。

胖老人听见脚步声朝我们眨了眨眼算是打了招呼，他回身举起钓竿把他的成果朝我们扬了一扬，原来他的钓绳上挂了六个小小的钓钩，每个钓钩上都是一条小鱼。他把六条小鱼摘下来放进身边的水桶里，然后再次下钩，半分钟不到他又起竿，又是六条挂在上面。就这样，他忙忙碌碌地下钩起钩，我妻子走近前去一看，水桶里已有半桶小鱼。

奇怪的是，只离他两米之远的瘦老人却纹丝不动。为什么一条鱼也不上他的钩呢？正纳闷，水波轻轻一动，他缓缓起竿，没有鱼，但一看钓钩却硕大无比，原来只想钓大鱼。

在他眼中，胖老人忙忙碌碌地钓起那一大堆鱼，根本是在糟践钓鱼者的取舍标准和堂皇形象。伟大的钓鱼者是安坐着与大海进行谈判的人类代表，而不是在等待对方琐碎的施舍。

胖老人每次起竿摘鱼都要用眼角瞟一下瘦老人，好像在说："你就这么熬下去吧，伟大的谈判者！"而瘦老人只以泥塑木雕般的安静来回答。

两人都在嘲讽对方，两人谁也不服谁。

过了不久，胖老人起身，提起满满的鱼桶走了，快乐地朝我们扮了一个鬼脸，却连笑声也没有发出，脚步如胜利者凯旋。瘦老人仍然端坐着，夕阳照着他倔强的身躯，他用背影来鄙视同伴的浅薄。

暮色苍茫了,我们必须回去,走了一段路回身,看到瘦小的身影还在与大海对峙。此时的海,已经更加狰狞昏暗。狗吠声越来越响,夜晚开始了。

妻子说:"我已经明白,为什么一个这么胖,一个这么瘦了。一个更加物质,一个更加精神。人世间的精神总是固执而瘦削的,对吗?"

我说:"说得好。但也可以说,一个是喜剧美,一个是悲剧美。他们天天在互相批判,但加在一起才是完整的人类。"

确实,他们谁也离不开谁。没有瘦老人,胖老人的丰收何以证明?没有胖老人,瘦老人固守有何意义?大海中多的是鱼,谁的丰收都不足挂齿;大海有漫长的历史,谁的固守都是一瞬间。因此,他们的价值都得由对手来证明。可以设想,哪一天,胖老人见不到瘦老人,或瘦老人见不到胖老人,将会是何等惶恐。在这个意义上,最大的对手也就是最大的朋友,很难分开。

两位老人身体都很好,我想此时此刻,他们一定还坐在海边,像两座恒久的雕塑,组成我们心中的海参崴。

心香一瓣

两位老人，所持有的准则各不相同，一个注重精神，一个注重物质；一个是喜剧美，一个是悲剧美。二者看似矛盾，实则是统一的，就像文中最后所说的一样——最大的对手也就是最大的朋友。

一个好的对手不但是自己的朋友，更是自己价值的证明。

世间万物都是对立而统一的整体，我们不能割裂开来，有得必有失，有花开必有花落……这些都是万事万物的自然规律。

只有万事万物对立统一，才是一个完整的世界。

作者简介

余秋雨（1946—），浙江余姚人。当代著名散文家、文化学者。他的散文借山水风物，寻求中国文化底蕴与人生真谛，探寻中国文化的内涵与中国文人的人格精神。代表作有文化散文集《文化苦旅》、《山居笔记》、《霜冷长河》、《千年一叹》、《行者无疆》等。

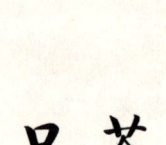

品茶

郑瑛

> 品茶即品己、品人,求趣,究道,于或绿或红、或深或浅的汤色中,能窥见人和生活的影子,能领悟道的境界。茶道即人道,天道,生活之道。

茶是中国人最常见的传统饮料,现今也风靡全球,成为国际饮料。与咖啡、可可一起,在国际饮料市场上,三分天下有其一。居家、旅行,一杯清茶在手,一边瞅着那一缕青烟袅袅上升,一边不时地呷上一口,顿觉神清气爽,口渴全消。所以,饮茶很符合中国人的文化和生活习惯,并为君子所称道。《神农食经》曰:"长期喝茶,可以使人健康有力,精神饱满。"唐代陆羽《茶经》中记载:"茶者,南方之佳木也,……茶之为用,味至寒,为饮。最宜精行俭德之人。若热渴、凝闷、脑疼、目涩、四支烦、百节不舒,聊四五啜,与醍醐、甘露抗衡也。"

  许多事我不以为意，唯独对饮茶有些挑剔，非新茶不喝，非心仪之茶不喝。这纯粹是年轻时不小心，一脚遁入政府主管农业衙门落下的毛病。进了这地方，品尝域内各种好茶可谓"近水楼台"，甚至是工作任务。尤其是上世纪八十年代，全社会商品意识开始萌动，政府组织名优茶评比，各地的名优荟萃，组织方照例是要"一品为快"的。因此，我每天上班第一件事，便是效仿机关的老同志，于洗得"铮亮"的玻璃杯中加入些绿茶，用沸水冲泡。然后，再例行公事。进办公室先泡茶，一年三百六十五天，除了外出，雷打不动。之于饮茶，除却单位带来的便利，间或还有同事间的馈赠。记得厅内一长者，原是学佛教转而攻茶叶栽培的陆先生，每每于春时，在办公楼楼道或路上相遇时，会伸手入口袋，摸出一小包新茶馈我，一般一两重一包，馈我一包，有时也有赠两包的。多是明前茶或谷雨茶。上世纪八十年代，小包装精品茶很少，是稀罕物。因此，老先生在递茶时总环顾左右，并小声嘱我不要声张。想是他的存货不多，怕他人来求，应付不过来。

  记得有一次，我带队去久负盛名的羊楼洞茶厂调查，于疾驰的吉普车内，向同行的两位同事摆起了乌龙：茶大致分六类，有绿茶、红茶、黄茶、白茶、黑茶、青茶。两位同事听后，不肯信，脑袋摇得像拨浪鼓一样。他们说："不可思议，怎么可能有白茶和黑茶呢？"也难怪，省内主要产绿茶，我说这话时也没见过白茶、黑茶之类的。我之所以这么说，是从《课外学习丛书》上看到的。所以，在他们的质疑声中，我也讲不明白，颇有点下不来台，只好扯别的话题了。羊楼洞茶厂，历史悠久，在全国小有名气，当时也只产绿茶和砖茶，并远销到内蒙一带牧区。绿茶，大家司空见惯，非常熟悉。砖茶，也就是将茶叶通过一定温度处理，用机器压制成砖形。事后才知道，羊楼洞的砖茶正归于黑茶，属黑茶中的青砖茶，是内蒙一带牧民日常生活偏好的必需品。羊楼洞的旧街静谧而古朴，街道两旁不少旧建筑得以保存，走在弯弯的光滑的石板路上，大有时光倒流之感，像是在上世纪三四十年代的小镇中穿行。

真正对茶识得多些，是这之后。随着游历的增加，天南地北地跑，才真正领略到了茶的一些风采。记得上世纪九十年代初的一年五月，几十人同游杭州，于西湖泛舟之后，被接待方安排到出产西湖龙井的梅坞参观。梅坞，即一茶庄，坐落在西湖边、六和塔旁。这一带山清水秀。茶庄占地面积不小，接待游客的设施亦清丽、典雅，不断有游客进出。我们一行人被引入落座后，身着民族服装的小姑娘，便于精湛的介绍中，让我们品尝滚烫的虎跑泉水冲出的西湖龙井。西湖龙井确实不凡，一杯入口，满口流香。一行人一片赞美声。出得门来，见茶室门厅端坐的陆羽塑像，我煞有介事地向导购小姐提问："你知道我们打哪儿来吗？"导购小姐摇了摇头："不知道。"我得意地说："我们从湖北来，是陆羽的同乡。"听说是茶圣的同乡来了，导购小姐推介西湖龙井的调门顿时低了八度，忙不迭地说："请多提宝贵意见。"似乎我们一行也成了很懂茶道的陆羽。

这些年外出旅行，只要是随旅行团走，多伴有参观各地的茶庄、品茗这一项。我国地大物博，许多地方盛产好茶。于参观游览途中品品香茗，实在是一大乐事。盛夏旅行时品茶，顿觉神清气爽，暑气全消。冬天旅行时喝上一口，血脉畅通，周身暖和。只是多数旅行者，只听介绍和品尝，把钱包捂得紧紧的，不肯购茶。弄得不少导游有苦难言。但也有少数架不住好茶的诱惑，于面容姣好的导购小姐银铃般声音中，骄傲地掏钱购茶的。我就属于后者，并且每每受到导游的肯定。如果团队有若干像我这样肯掏钱的，导游更是喜上眉梢。如是乎，天南地北的茶便汇集到了我家，如云南的普洱，福建的铁观音、祁门红茶、海南的兰贵人、黄山的猴魁、云南的雪茶、贵州的苦丁、张家界的杜仲茶等等，不一而足。当然，还有江苏的大麦茶、山西的荞麦茶、上海的米茶等等。不过，这些就不是真正意义上的茶，而只能算作另类饮料了。零四年，我远涉重洋到英国进修，又接触到了英国茶。英国人喜欢喝红茶，且喜欢添加牛奶、咖啡、糖之类的，还分上午茶和下午茶，每日必不能少。有朋友集会或学术研讨活动，乃至情人约会，更是不能没有茶。见此状，我曾突发奇想，想建议国家让外交部兼管茶叶专营，如英国人再像鸦片战争时那样令我们不爽，只要断绝其茶叶原料供应，不费一枪一弹，就可以令英国政府垮台。只是近代工业革命发源地的英国，把大机器生产也用到了茶的制作上，超市里琳琅满目的多是袋泡红茶。我虽然不甚喜欢，但还是于告别英伦时带上了一大包。主要是想让自己味蕾上留一点对异域的真切记忆。徐志摩先生挥挥衣袖，不带走一片云彩，我却不动声色地带了些英国红茶回来。不知志摩先生是否以为我俗？

既然茶的品种越品越多，茶具免不了也讲究起来。先是从市场上购回了一套紫砂茶具，置于客厅茶几的正中，有事儿没事儿，泡上一壶，然后，一小杯、一小杯地细细地品。手里攥着紫砂小杯，口里呷着乌龙，你不得不对中国的茶文化生出敬意。继而出行到江苏、宜兴一带，格外留意茶具了。零二年五月，一行人游苏州，于一工艺品厂里购得一绿泥茶壶，爱不释手。该壶壶身圆润，砂很细，通体绿色，配上一尖尖的壶嘴，曲线甚是好看。出水可由壶盖上的一个小孔控制，壶里不管装了多少茶，只要你用手指一压住此孔，茶水则不会流出，你手指一松，加一个倾倒动作，茶水便一条线似的往外流。我舍不得用，就将它置于书房里书柜的显眼处，让自己每天能用眼睛欣赏到它。无奈，一次太太趁我不备，捷足先登，动了我的宝贝，用此壶泡茶了。见我一连几天有愠色，太太悠悠然开口了："壶要茶养，用它泡茶倒能更好地保护它。"我也明白此理，可脑子还是转不过弯来。去年冬，公差到南京，一行人夜游秦淮河，于凛冽的寒风中，从河边一专营店里购得一紫砂茶杯，小心翼翼地带回来后，立刻就把办公室里的玻璃杯给替换掉了。每天用这紫砂杯泡上一杯，同样的茶似乎也好喝了许多。于案牍劳神之时瞟上一眼，视觉上很是舒服。

既然有了些好茶与茶具，倘若在家辟一间茶室该多好。机会终于有了。贷款购置了一套新居，尽管还清贷款要假以时日，但毫不影响我决计把一个阳台改建成茶室。如是乎，与装修的设计师商量，怎么、怎么地可以建一个简单而又实用的空间。新屋落成后，好几位朋友于参观后正色谓我："我最欣赏的就是你的茶室。"听此言，我是既喜又悲，喜的是茶室看来确实建得不错，悲的是房子装修得不到认可。岂不有本末倒置、椟珠之嫌。哎，由它去吧！茶室建好后，最高兴的是太太，似乎是英雄有了用武之地，只要是有客来，她必引客参观，继而以茶相待。有两次到了吃饭时间，看她们还在推杯换盏，毫无起身造饭的意思，我只好苦笑。我想：茶再好喝，恐怕也是不能代替吃饭的。

呜呼，品茶即品己、品人，求趣，究道，于或绿或红、或深或浅的汤色中，能窥见人和生活的影子，能领悟道的境界。茶道即人道，天道，生活之道。"道可道，非常道，名可名，非常名"。品茶的意味和乐趣，既可言传，亦难以言尽，只有爱茶、乐茶者在倾心向茶的过程中可以体会。

不知是老天眷顾，还是随着人们生活水平提高，茶受到更多人的喜爱，每参与社会活动，茶常常成为互相交流的媒介，聊起茶来，许多人眉飞色舞，滔滔不绝，令我好生羡慕。看来，喜欢茶的同道还真不少。

心香一瓣

品一杯香茗，看茶叶翻滚，思世象万千，悟人生沉浮。

品茶，让我们滤去浮躁，静下身心，沉淀思想，感悟生活。或浓，或淡，或香醇，或苦涩，茶味不就是人生之味吗？各色品种，千滋万味，浮浮沉沉，多像我们的生活！

春秋变换，岁月如歌，一路行走，一路奔波，我们看惯了人情冷暖，熟悉了人间聚散，心境处处会有不同，但生活却依旧继续着。

万水千山，茶香永恒。

[作者简介]

郑瑛（1962— ），湖北蕲春人。武汉大学商学院硕士，英国曼彻斯特大学商学院进修公共行政管理。现任武汉软件工程职业学院党委委员、副院长。作有《家有虎妻》、《病房三乐》等散文，散见于地方报纸与刊物。

慢半拍

孙道荣

> 慢半拍，正可以有充足的时间来慢慢咀嚼，细细回味。那里面，有生活的真滋味。

小城有两家电影院，一家老的，坐落在老城区，还是七十年代的建筑，它的辉煌，已经像它的外墙一样斑驳不堪；那家新影院，前两年刚刚建成，矗立在新区，高大气派。老影院的顾客，越来越少，除了设施太陈旧之外，最主要的原因是，它已经沦落为二线影院，新片都放成旧片了，它才开始放映。而新影院是一线影院，所有的大片、新片，都是和全国同步上映。

我是老影院的忠实顾客之一。一般在新片上映一两个月之后，老影院才开始放映。这并不影响我怀揣看新片的心情，去老影院看电影。它的票价只有新影院的一半，而且，我喜欢老影院陈旧的气息，顾客稀少，不必对号入座，我可以坐在我想坐的任何一个角落，安静地等待一场故事，在我的面前展开。没有闹哄哄的场面，如果是一场感人的故事，我甚至可以肆意地落几滴眼泪，而不必遮遮掩掩，虽然这种机会已经越来越少了。

随着年龄渐长，我常常比别人慢半拍。

单位里的小青年，对我用了七八年的老式摩托罗拉手机耿耿于怀，砖头一样的外壳，确实又老土又笨重，早几年他们就都用上又轻又薄的彩屏了，一起到外地游玩，他们发个彩信，就将美景连带笑脸，捎给远方的亲朋。不像我，对着个砖头按半天，才向家人报一声平安。现在大街上又流行蓝牙什么的，一个人边走边说，常常弄得我自作多情地以为是与我打招呼。科室里有个小姑娘，更是每半年就更换一部手机，一机在手，新潮跟着走。但我对于那部老式摩托罗拉，仍然情有独钟，有了这块老式砖头，我同样可以时刻将新鲜的心情，传递给我的亲人啊，它从来不会因为样式陈旧，而影响我真诚的问候。

提篮去菜市场买菜，常常会时序颠倒。过去盛夏才入市的时令菜，现在数九寒天，就齐刷刷摆上了案头，这都是大棚蔬菜，是人为的产品，价格自然也不菲，比一般的菜蔬贵出一截。为了尝鲜，很多人趋之若鹜。而只要稍等一两个月，那些自然成熟的菜蔬，就会大量上市，其时的价格，也会跌回到正常的状态。我选择等待，我有这个耐心，等待自然的春风将它们灌熟，再将它们请上我家的餐桌。也许我是今年最后一个品尝它的人，但这丝毫也不影响我以一颗感恩的心，来品尝第一口新鲜的时令菜蔬啊。

我得承认，这可能就是衰老的迹象，我已经赶不上趟了，总是比潮流慢半拍。

慢了半拍，你肯定在别人之后，感受到潮流的气息；当别人津津乐道时，你总是插不上嘴；当别人的味蕾已经在品尝春天的嫩芽的时候，你还在咀嚼冰霜下的大白菜。你的生活，也许会因此寡淡无味。但在我看来，慢半拍，可以使你更从容，更淡定，不逞一时之强，不图倏忽之快，只要怀揣一颗新奇之心，你的生活，同样可以是新鲜的，新艳的。慢半拍，何尝不是一种境界。

这个世界，需要有人争分夺秒，紧跟潮流的步伐，也需要有人，慢慢地拾起来，耐心地品味。慢半拍，正可以有充足的时间来慢慢咀嚼，细细回味。那里面，有生活的真滋味。

心香一瓣

多少人为了追赶潮流而行色匆匆,又有多少人为了工作而加班加点。

其实生活就像一杯茶,需要我们细细品味,而现代人都在争分夺秒地工作、争分夺秒地生活,唯恐落后别人一步。快节奏的生活,让我们忘了欣赏路边的风景,忘了品味生活的真滋味,忘了生活还可以慢半拍。

[作者简介]

孙道荣(1966—),安徽和县人,现居杭州。浙江省作家协会会员,浙江省杂文学会理事。千余作品散见《读者》、《青年文摘》、《杂文选刊》、《小小说选刊》等全国报刊,已出版《你有多重要》等作品集5部。

桃花心木

林清玄

> 不只是树，人也是一样，在不确定中生活，能比较经得起生活的考验，会锻炼出一颗独立自主的心。在不确定中，深化了对环境的感受与情感的感知，就能学会把很少的养分转化为巨大的能量，努力生长。

乡下老家屋旁，有一块非常大的空地，租给人家种桃花心木的树苗。

桃花心木是一种特别的树，树形优美，高大而笔直，从前老家林场种了许多，已长成几丈高的一片树林。所以当我看到桃花心木仅及膝盖的树苗，有点难以相信自己的眼睛。

种桃花心木苗的是一个个子很高的人，他弯腰种树的时候，感觉就像插秧一样。

树苗种下以后，他常来浇水。奇怪的是，他来的并没有规律，有时隔三天，有时隔五天，有时十几天才来一次；浇水的量也不一定，有时浇得多，有时浇得少。

我住在乡下时，天天都会在桃花心木苗旁的小路上散步，种树苗的人偶尔会来家里喝茶。他有时早上来，有时下午来，时间也不一定。

我越来越感到奇怪。

更奇怪的是，桃花心木苗有时莫名其妙地枯萎了。所以，他来的时候总会带几株树苗来补种。

我起先以为他太懒，有时隔那么久才给树浇水。

但是，懒人怎么知道有几棵树会枯萎呢？

后来我以为他太忙，才会做什么事都不按规律。但是，忙人怎么可能做事那么从从容容？

我忍不住问他，到底应该什么时间来？多久浇一次水？桃花心木为什么无缘无故会枯萎？如果你每天来浇水，桃花心木苗该不会枯萎吧？

种树的人笑了，他说："种树不是种菜或种稻子，种树是百年的基业，不像青菜几个星期就可以收成。所以，树木自己要学会在土里找水源。我浇水只是模仿老天下雨，老天下雨是算不准的，它几天下一次？上午或下午？一次下多少？如果无法在这种不确定中汲水生长，树苗自然就枯萎了。但是，在不确定中找到水源、拼命扎根，长成百年的大树就不成问题了。"

种树人语重心长地说："如果我每天都来浇水，每天定时浇一定的量，树苗就会养成依赖的心，根就会浮在地表上，无法深入地下，一旦我停止浇水，树苗会枯萎得更多。幸而存活的树苗，遇到狂风暴雨，也会一吹就倒。"

种树人的一番话，使我非常感动。不只是树，人也是一样，在不确定中生活，能比较经得起生活的考验，会锻炼出一颗独立自主的心。在不确定中，深化了对环境的感受与情感的感知，就能学会把很少的养分转化为巨大的能量，努力生长。

现在，窗前的桃花心木苗已经长得与屋顶一般高，是那么优雅自在，显示出勃勃生机。

种树人不再来了，桃花心木也不会枯萎了。

心香一瓣

　　树木在未知的环境中会努力生长、努力汲取养分、努力扎根寻找水源,以便生命不会枯竭。

　　人也一样,未知的世界永远充满着期待,一个不确定的未来,才会让人奋发、让人努力拼搏,因为那里有希望。

作者简介

　　林清玄(1953—),中国台湾高雄人。毕业于中国台湾世界新闻专科学校,他是台湾作家中最高产的一位,也是获得各类文学奖最多的一位。

世界上最危险的动物是什么

曲格平

> 增强绿色意识，营造绿色未来，不仅是我们每代人的职责，而且应该成为我们的一种思维方式和生活方式。

"世界上最危险的动物是什么？"这个问题写在德国艾科尔特野生动物园的一座小木屋的墙上。碰到这样的问题，你怎么回答呢？有些朋友很可能想到猛兽，如狮子、老虎等。这个野生动物园在提出问题的同时还告诉参观者，这个问题的答案你打开木屋的门就可以看到。当然这并不妨碍参观者发挥自己的想象力，只是这个答案常常是人们所想象不到的。这个"答案之门"一打开，参观者看到的是一面大镜子，参观者的尊容尽在里面。它实际上是在告诉参观者：最危险的动物是人类！

我国有些从事环境教育的老师在看了这个小木屋后用"震撼人

心，令人永生难忘"来形容自己的感受。

世界上最危险的动物是人类！这绝不是危言耸听！我们唯一的地球家园已是遍体鳞伤：土地荒漠化不断扩展、污水横流，加剧了水资源的短缺，大气污染使我们看不到蓝天，呼吸不到新鲜、洁净的空气，地球物种灭绝的规模和速度前所未有。总之，生态环境恶化已是不争的事实。

长期以来，人类以地球的主人、自然的征服者自居，忽视了其他物种和自然界万事万物的内在价值。在现代，物种大规模灭绝等生态灾难，主要是由地球上的一个物种——人类的活动造成的。现代人类拥有消灭其他物种的一切手段。但我们必须承认，人类和它们是休戚相关的，它们和人类共同拥有地球家园。人类只有善待生物、善待地球才能拯救自己。

我国的现代化建设也面临着严峻的生态环境形势。据有关专家估算，我国由于环境污染导致的损失每年达 2800 亿元，真是一个惊人的数字！脆弱的生态系统呼唤公众生态意识的觉醒。目前，包括青少年在内的我国公众的环保意识有喜有忧。喜的是社会公众越来越关心、重视环保问题，环保问题成为城市居民关注的焦点。忧的是公众有关生态环境方面的知识比较缺乏，因而影响了环境意识的总体水平。许多人不知道我国人均耕地、淡水、森林、野生动植物等资源的情况以及相关知识，不知道"世界环境日"、"地球日"、"国土日"、"世界人口日"、"爱鸟周"等环保纪念日期，认为保护环境主要是政府的事，自己没有多少责任。因此，加强环境教育，特别是对青少年的环境教育，普及生态科学知识，是一项迫切的任务。

公众缺乏环境意识，这是造成我国当前严峻的生态环境形势的重要原因，也是我国环保工作所面临的一大困难。痛定思痛，这个问题也必须从青少年抓起。在青少年中进行环境教育、普及绿色意识，是拥有绿色未来的关键，是素质教育的重要内容。

环境安全，将成为21世纪国家安全的一个重要方面，也将是21世纪的主人、今天的青少年关注的主要问题。增强绿色意识，营造绿色未来，不仅是我们每代人的职责，而且应该成为我们的一种思维方式和生活方式。

心香一瓣

世界上最危险的动物，竟然是我们人类自己！回顾人类文明发展的轨迹，我们不得不承认这样一个骇人听闻的事实。

从农业文明到工业文明时期，人类的生活质量得到了前所未有的改善，但生态破坏和环境污染也在加剧，昔日美丽的地球家园已经被人类搞得千疮百孔。

"我们不要过分陶醉于我们人类对自然界的胜利。对于每一次这样的胜利，自然界都对我们进行了报复。"恩格斯的这句话依旧振聋发聩。面对近年来的全球气候异常、地质灾害频发现象，人类难道还不应该清醒吗？如果不牢固树立生态文明的观念，人类还会这样自食其果。愿人人都能做一个环保使者，捍卫好我们的生存环境！

作者简介

曲格平（1930— ），山东肥城人。教授、世界著名环境科学专家。毕业于山东大学。先后担任保定胶片厂副厂长，化学工业部处长，国务院计划起草小组处长，全国人大常务委员会委员，全国人大环境与资源保护委员会主任委员，中华环境保护基金会理事长，中国环境管理干部学院名誉院长。

人的价值
——答池田大作

[英] 阿诺尔德·约瑟·汤因比

> 必须把生命的尊严看作为最高价值，并作为普遍的价值基准。就是说，生命是尊严的，比它再高贵的价值是没有的。

池田：作为人类行动基准的价值体系是多种样的。比如说，有人主张一切价值是个人爱好问题。也有人把从社会体制中产生的价值基准——财产、社会地位、娱乐价值——作为行动的规范。还有人根据施韦泽所说的"对生命的敬畏"这一概念，主张应该把克服贪欲、爱、求知欲作为基准。

我和施韦泽的想法有共同之处。必须把生命的尊严看作为最高价值，并作为普遍的价值基准。就是说，生命是尊严的，比它再高贵的价值是没有的。宗教也好，社会也好，以及设置比它更高的价值，最终会招致对人性的压迫。

汤因比：正如您说的，生命和尊严才是普遍的绝对的基准。但在这种情况下的"生命"一词，不能限定为"生物的生命"，其中包括人这一宇宙中分离或者半分离出来的生物。宇宙全体，还有其中的万物都有尊严性。它是这种意义上的存在。就是说，自然界的无生物和无机物也都有尊严性。大地、空气、水、岩石、泉、河流、海，这一切都有尊严性。

我想这个问题的真实性，对日本人来说，是十分明了的，因为他们具有古老的传统。尊重植物界、动物界，当然人类就更不用说了。甚至对无生的自然，也加以尊重。这种传统在神道中已经制度化。并且和这一传统一起，日本人还培育起强烈的美感和敏锐的审美能力。然而，大约一百年前，从西欧引进近代科学技术以来，尤其是第二次世界大战以后，增加了令人惊慌的技术知识，产值爆发性地猛增，日本人也开始侵犯无生物自然的尊严。

今天，人们的技术所带来的对自然的污染，遭到全世界的反对。现代的一代人已经知道了，由于人对自然尊严的侵犯，最终还是侵犯了自己的尊严。仅就我所知道的日本历史、日本人的尊严观（这是日本人生活的特征，并使外国人深为铭感）来看，日本似乎正在出现（不然也可以说即将出现）反对环境污染的强大潮流。

池田：正如您所说，日本的环境污染已成为深刻的社会问题。反对环境污染，作为当地居民的抗议运动已经表面化。但在法律上，对杜绝污染的来源，还没有采取有力措施。

包括生物界和无生物界的自然，肉眼看不见的"生命之线"，像蜘蛛网一样张挂着。并且从整体上巧妙地保持着平衡。虽说是人，也仍然是自然中的一部分。如果人用技术损害了自然，就意味着损害了人本身。佛法是把包括一切的自然——不，把大宇宙本身，作为"生命"来理解的。

康德说："在目的王国里，一切或者有价值，或者有尊严。有价值的东西，能够作为某种东西的等价物而代替它。相反，超过一切价值的宝贵的东西，因之也不承认任何等价物的东西，就是有尊严的东西。

生命是尊严的。就是说，它没有任何等价物。任何东西都不能代替它。现在人们已经各有自己的价值基准了。这叫价值的多样化。人们从国家主义狭隘的价值观中解放出来。这是可喜的现象。但是，即或承认价值的多样化，是否还需要一个包括多样的共同基础的价值观呢？没有这样一个基础，人与人之间的相互信赖和协调就建立不起来。如果深究一下，这个总括的、根本的价值观，归根结底，还是作为人的价值，生命的尊严。

汤因比：在这一点上，我对您的信念和佛教的生命观也有同感。刚才您从康德著作中引用的那一节关于价值和尊严的区别，也很有启发。价格是相对的，一切有价格的东西，都能与其等价物交换。当然，这里要有货币的功能。

相反，尊严（叫荣誉感也好）并不是相对的，而是绝对的。任何有价值的东西，都不能代替尊严和荣誉。人为了获得财产和社会地位，不，即或为了保卫自己的生命，如果出卖自己的尊严和荣誉，不仅要受到别人的蔑视，而且也要受到自己的蔑视。丧失尊严和荣誉，换来的只是道德上和肉体上的怯懦。尊严是任何东西也代替不了的。尊严一旦失去，就再也无法挽回。

《新约圣经》的下边一节,就是这个意思。"人若赚得全世界,赔上自己的生命,有什么益处呢?他还能拿什么挽回生命呢?"(《马太福音》第十六章)

人如果出卖了自己的尊严,他将永远失去尊严。就是说,让别人作为可耻的行动,不管是迫害还是行贿,这本身就是不光彩的。这样的迫害或者诱惑者,在违反伦理的压力下,不管对方能否保卫自己的尊严和荣誉,他自己已经失去了尊严和荣誉。

池田: 您说得很对。归根结底,支持什么价值体系,这决定一个人对人生的看法。所以应该确立怎样的价值体系,和如何实现这一价值体系,正是问题之所在。

汤因比: 关于尊严与其他价值不同,任何东西都代替不了尊严这一绝对价值的命题,我也有同感。我想进一步从这一命题中得出如下结论:人要想对自己的尊严有所觉悟,就必须谦虚。的确,人性是尊严的,但这样说还是不甚明确的,也是不完整的。说人是尊严的,这只限于没有私心的、利他的、富于怜悯的、有感情的、肯为其他生物和宇宙献身的这样情况。只要为贪欲而进行侵略,人就不会有尊严。为贪欲而进行侵略是人间的常事,但这是可耻的。我们在理论行为上的这种贫困,跟技术上的光辉业绩相比,就更加感到耻辱。

池田: 人的生命是没有什么东西可以代替的。这本身就是尊严的。并且正如博士所说,为了使生命成为真正的事实上的尊严的东西,还需要个人努力。应该说,自己的尊严要自己负责。

生命是尊严的,是不可代替的。这种意识似乎从人具有高度意识能力之初就有了。但是现实中,人经历的往往还是相互憎恨、相互损伤、丑恶的对立斗争的历史。总而言之，只有把自己生命的作用变为美好的东西，去怜悯一切其他生命，不作损害他人的丑事，才能使人的生命在事实上成为尊严的。除此之外，别无他法。

汤因比：迄今为止，人的伦理行为的水准一直很低，丝毫没有提高。但是，技术成就的水准却急剧上升，其发展速度比有记录可查的任何时代都快。结果是技术和伦理之间的鸿沟空前增大。这不仅是可耻的，甚至也是致命的。

面对这种现状，我们应感到耻辱。同时，我们不要失掉这种耻辱感。为确立尊严（没有它，生命就没有价值，人生也不会是幸福的）必须作出进一步的努力。人所熟悉的东西，的确是在技术领域，但那里是不会确立尊严的。评价是否达到这种伦理上的目标，要看我们的行动在多大程度上不受贪欲和侵略心所支配，在多大程度上把慈悲和爱作为基准。

心香一瓣

尊严是生命的盐,尊严是高贵的,尊严无价。

每个人的生命之花,都只会绽放一次。一个人的价值,就体现在这绽放的过程中,体现在他对自己和他人生命尊严的维护上。一个自尊自重而又珍惜他人尊严的人,才是值得尊重的。

我们要珍惜自己的尊严,也要珍惜自然界动植物和他人的尊严。蔑视尊严的代价是惨重的。唯有相互尊重,才能和谐共处、共享幸福的阳光。

作者简介

阿诺尔德·约瑟·汤因比(1889—1975),英国著名历史学家。早年曾在牛津大学接受古典教育,并成为希腊罗马史和近东问题的专家。曾长期担任英国伦敦大学教授,并多次参加政治和社会活动。他的一生著述很多,代表作有《历史研究》、《人类与大地母亲》等。

我的人生哲学

[埃及] 阿巴斯·马哈茂德·阿卡德　周顺贤 译

> 人生哲学涵盖在几行文字中：
> 你的富庶深藏在你的心灵中，你的
> 价值体现在你的工作中，你的动机
> 比你的目标更值得关注，别老是期
> 待别人表扬你的成就。

从遗传的秉性中，我们汲取人生哲学。

从大事件的经历和人们的阅历中，我们汲取人生的哲学。

从课程和知识中，我们汲取人生哲学。

人生哲学就力量和根由而言，在我看来它的次序排列是这样的。假如人们在秉性上存在差异，即使有相似的学问、知识和阅历，他们的人生哲学也是不尽相同的。

我的人生哲学中最重要的方面得益于我的天性，继而精力和阅历使我的人生哲学更有所提高。

我的意思是指很少在乎物质财富。

我最为惊奇的是，人们拼死争抢田园、宫殿，追逐敛财聚宝。

也许，我的惊奇由此延伸到更大、更了不起的人物：历史风云人物和南征北战的英雄豪杰。在我看来，致力于征战的扩张者要比致力敛财聚宝的人更令我惊诧，我说的是拿破仑和亚历山大，他们便是这种认为和感知的印证。

也许有人会想，这是一种理性哲学，或者一种观点和作为的趋势。

事实上，我自身的理解是，先天的秉性必然胜过后天的熏陶。

如果一个人身无分文时不值得被人尊重，那我绝不会因为他现在成了巨富而去尊重他。

我也绝不会因为自己站在一个大款的身旁而感到自己的渺小；相反，我会对值得藐视的人，深感其微小。

由此可见，我对物质财富是很少关注的，因为拥有它，在我眼中，并不使拥有者高大；缺了它，对我来说，并不使我显得卑微。至于我同人们相处的人生哲学，则经验和阅历的作用远甚过遗传秉性的作用。

我原本同他们相处得很累，而后我了解了自己指望他们的，便使自己放松，免于劳顿。

我为自己确立了对待他们的座右铭：别期待他们很多，也别奢望他们太多。

如果公正对待他们会有损失或同他们的愿望相抵触，力求公正是至多至美的。

如果公正既没有让他们付出代价，又没有触犯他们的愿望，则他们做到公正。

他们中有那种公正者，即使公正曾伤害过他。但是，这种人是千万分之一，你甭想随时找到他。

和他们一起，我的心满足于这样的事实，习惯于他们的疏远公正，甚至一旦我同公正者中的一位达到一致时，我几乎会感到非常的失望。

他们是善良的人？

他们是邪恶的人？

让愿意研究他们的人慢慢地研究去吧，不过，他能和他们相安无事，既不贪图善良者们发善心，也不在乎邪恶者们的歹毒。

我的工作哲学可以归纳为三点：

工作自身的价值。

工作的价值在于其动机，不在于其目的。

整个工作的基础是工作的制度。

要是你做一桩有价值的事情，要坚持其价值永恒，不会因有人否定它而逊色，也不因有人承认他而增值。

要是你的信心尚未达到这般程度，则把他设想成为两年中假设中的一个，别无第三种可能：工作本身有可靠的价值，无可非议；或者工作的价值取决与这人或那人的意愿，那更不用轻易地为它难过。

有人习惯于只看工作的目的，甚至疏忽或几乎无事工作的动机。

事实上，目的产生在工作之后，动机则发生于工作之前。

动机的差异最终导致目的的差异。人们在追求荣耀方面不尽相同。一种人渴求当首脑的领导，另一种人求知心切，再有一种人贪敛财富，还有一种人力求笃信宗教。

就因为他们的动机不同，目的必然各异。一件推动这人去干的工作，却不能驱使那人去做。有些人冷漠处置的事，不冷漠者会争先恐后地去干。

在你依赖正确的工作目的之前，应先仰仗正确的工作动机。因为一旦偏离正确的动机，所希望的目的就很容易与你失之交臂。做了你该做的，剩下的由时间和运气来运作了。

有了工作制度，最困难的工作也会变得容易。

如果每项工作都按自己的时间进行，则能做好许多工作。这种情况下，控制许多工作等于控制一项工作，只要它有它的时间，不与另外的工作混杂在一起。

我对工作制度的格言是两个词："不慌张。"

慌张出自于使你的工作制度发生意外的突然，并迫使你改变原来的制度程序。不必须的情况下，别随意变更一个制度。

如果必须改变，别频繁地变更，并应从中选择不容迟缓的要事先着手。

这份计划的正确，肯定在于其毋庸置疑的一面，在于能做到并把它办好。按照计划，你会干出点事来；犹豫不决你将一事无成。

人生哲学涵盖在几行文字中：

你的富庶深藏在你的心灵中，你的价值体现在你的工作中，你的动机比你的目标更值得关注，别老是期待别人表扬你的成就。

心香一瓣

你为了什么而工作，又为了谁而工作？为加薪，为升职，为了改善自己的生活质量，这些只是一般的工作动机。

工作的目的，不仅仅是为了糊口、为了充实自己的生活，更是为了追求和实现自己的人生价值。

所以，人不能总是活在别人的期待里，不能总是以博取别人的赞赏为自己的工作动机。工作成就的大小取决于人生哲学支配下的主动性、创造性的发挥程度。用人生梦想点燃工作激情，才能在工作中收获源源不断的乐趣。

作者简介

阿巴斯·马哈茂德·阿卡德（1889—1964），埃及现代著名伊斯兰学者、诗人、评论家。著有《穆罕默德的天才》、《欧麦尔的天才》等，对埃及和阿拉伯文学界影响较大。曾担任阿拉伯语言学会委员和伊拉克科学协会通讯会员、埃及政府文学艺术和社会科学最高委员会委员。1960年获埃及国家文学表彰奖。

坚硬的荒原(节选)

[乌拉圭] 何塞·恩里克·罗多

> 那荒原是我们的生命,那冷酷无情的硬汉是我们的意志,那三个瑟瑟发抖的孩子是我们的内脏,我们的技能,我们的力量。我们的意志从他们的弱小无力中汲取了无穷的力量,去征服世界和冲破神秘的黑暗。

坚硬的荒原,一望无际,灰茫茫的,朴实得连一条皱纹都没有;凄清,空旷,荒凉,寒冷;笼罩在铅似的穹隆下。荒原上站着一位高大的老人:瘦骨嶙峋,古铜色的脸,没有胡须。高大的老人站在那里,宛似一株光秃秃的树木。他的双眼像那荒原和天空一样冷峻;鼻似刀裁,斧头般坚硬;肌肉像那荒凉的土地一样粗犷;双唇不比宝剑的锋刃更厚。老人身旁站着三个僵硬、消瘦、穷苦的孩子;三个可怜的孩子瑟瑟发抖,老人无动于衷,目空一切。犹如那坚硬荒原的品格。老人手里有一把细小的种子，另一只手，伸着食指，戳着空气，宛似戳着青铜铸成的东西。此时此刻，他抓着一个孩子松弛的脖子，把手里的种子给他看，并用下冰雹似的声音对他说："刨坑，把它种上。"然后将他那战栗的身体放下。那孩子扑通一声，像一袋装满卵石的不大不小的口袋落在坚硬的荒原上。

"爹，"孩子抽泣着，"到处都是光秃秃的，硬邦邦的，我怎么刨呢？"

"用牙啃。"又是下冰雹似的声音。他抬起一只脚，放在那孩子软弱无力的脖子上。可怜的孩子，牙齿咔咔作响，啃着岩石的表面，宛似在石头上磨刀。如此过了许久，许久，那孩子终于在岩石上开出了一个骷髅大小的坑穴。然后又啃呀，啃呀，带着微弱的呻吟。可怜的孩子在老人脚下啃着，老人冷若冰霜，纹丝不动，像那坚硬的荒原一样。

当坑穴达到需要的深度，老人抬起了脚。谁若是亲临其境，会越发心痛，因为那孩子，依然是孩子，却已是满头白发。老人用脚把他踢到一边，接着提起第二个孩子，这孩子已颤抖着目睹了前面的全部经过。

"给种子攒土。"老人对他说。

"爹，"孩子怯生生地问道，"哪里有土啊？""风里有，把风里的土攒起来。"老人回答，并用拇指与食指将孩子可怜的下巴掰开，孩子迎着风，用舌头和喉咙将风中飘扬的尘土收拢起来，然后，再将那微不足道的粉末吐出。又过了许久，许久，老人冷若冰霜，纹丝不动地站在荒原上。

当坑穴填满了土，老人撒下种子，将第二个孩子丢在一旁。这孩子像被榨干了果汁的空壳，痛苦使他头发变白。老人对此不屑一

开悟卷

顾，然后又提起最后一个孩子，指着埋好的种子对他说："浇水。"孩子难过得缩成一团，似乎在问他："爹，哪里有水啊？""哭，你眼睛里有。"老人回答，说着扭转他那两只无力的小手，孩子眼中顿时刷刷落泪，干渴的尘土吸取着，就这样哭了许久，许久。

  泪水汇成一条哀怨的细流抚摸着土坑的四周。种子从地表探出了头，然后抽出嫩芽，长出几片叶片，在孩子哭泣的同时，小树增加着枝叶，又经过了许久，许久，直到那棵树主干挺拔，树冠繁茂，枝叶和花朵益着芳香，比那冷若冰霜、纹丝不动的老人更高大，孤零零地屹立在坚硬的荒原上。

  风吹得树叶沙沙作响，天上的鸟儿都来到树枝上筑巢，它的花儿已经结出果实。老人放开了孩子，他已经停止哭泣，满头白发。三个孩子向树上的果实伸出贪婪的手臂，但是那又瘦又高的老人抓住了他们的脖子，像抓住幼崽一样，取出一粒种子，把他们带到附近的另一块岩石旁，抬起一只脚，将第一个孩子的牙齿按在地上。那孩子在老人的脚下，牙齿咔咔作响，重新啃着岩石的表面。老人冷若冰霜，纹丝不动，默不作声，站立在坚硬的荒原上。

  那荒原是我们的生命，那冷酷无情的硬汉是我们的意志，那三个瑟瑟发抖的孩子是我们的内脏，我们的技能，我们的力量。我们的意志从他们的弱小无力中汲取了无穷的力量，去征服世界和冲破神秘的黑暗。

  一把尘土，被转瞬而逝的风吹起，当风停息时，又重新散落在地上。软弱、短暂、幼小的生灵蕴藏着特殊的、无拘无束的力量。这力量胜过大海的怒涛、山岳的引力和星球的运转。一把尘土可以居高临下，俯视万物神秘的要素并对他们说："如果你作为自由的力量存在并自觉的行动,你便像我一样,是一种意志,我与你同组,我是你的同类。然而如果你是盲目的,听天由命的力量,如果世界只是一支在无限的空间往返的奴隶的巡游队,如果它屈从于一种连自身也毫无意识的黑暗,那我就比你强得多,请把我给你的名字还给我,因为在天地万物之中,惟我为大。

心香一瓣

　　历史上的拉丁美洲，曾经一度沦为西方国家的殖民地。坚硬的荒原，其实是拉美人民命运的写照，是他们苦难生活的象征。

　　虽然面对强大的殖民主义势力，拉美人民是弱小的，但他们并没有屈服于命运，而是掀起了如火如荼的反殖民主义运动，为争取民族自由而斗争。

　　只要拥有改变命运的意志，弱小的生命也能拥有翻天覆地的力量。所以，相信自己吧，不必自卑，未来终究掌握在自己手中。

作者简介

　　何塞·恩里克·罗多（1871—1917），乌拉圭思想家、作家、散文家、文学评论家。代表作有散文《爱丽尔》，杂文集《美洲人》，传记《玻利瓦尔》等。

光荣的荆棘路(节选)

[丹麦] 汉斯·克里斯蒂安·安徒生

> 世界的历史像一个幻灯。它在现代的黑暗背景上,放映出明朗的片子,说明那些造福人类的善人和天才的殉道者在怎样走着荆棘路。

从前有一个古老的故事:"光荣的荆棘路:一个叫做布鲁德的猎人得到了无上的光荣和尊严,但是他却长时期遇到极大的困难和冒着生命的危险。"我们大多数的人在小时已经听到过这个故事,可能后来还读到过它,并且也想起自己没有被人歌颂过的"荆棘路"和"极大的困难"。故事和真事没有什么很大的分界线。不过故事在我们这个世界里经常有一个愉快的结尾,而真事常常在今生没有结果,只好等到永恒的未来。

世界的历史像一个幻灯。它在现代的黑暗背景上,放映出明朗的片子,说明那些造福人类的善人和天才的殉道者在怎样走着荆棘路。

　　这些光耀的图片把各个时代，各个国家都反映给我们看。每张片子只映几秒钟，但是它却代表整个的一生——充满了斗争和胜利的一生。我们现在来看看这些殉道者行列中的人吧——除非这个世界本身遭到灭亡，这个行列是永远没有穷尽的。

　　我们现在来看看一个挤满了观众的圆形剧场吧。讽刺和幽默的语言像潮水一般地从阿里斯托芬的"云"喷射出来。雅典最了不起的一个人物，在人身和精神方面，都受到了舞台上的嘲笑。他是保护人民反抗三十个暴君的战士。他名叫苏格拉底，他在混战中救援了阿尔西比亚得和生诺风，他的天才超过了古代的神仙。他本人就在场。他从观众的凳子上站起来，走到前面去，让那些正在哄堂大笑的人可以看看，他本人和戏台上嘲笑的那个对象究竟有什么相同之点。他站在他们面前，高高地站在他们面前。

　　你，多汁的、绿色的毒胡萝卜，雅典的阴影不是橄榄树而是你！

　　七个城市国家在彼此争辩，都说荷马是在自己城里出生的——这也就是说，在荷马死了以后！请看看他活着的时候吧！他在这些城市里流浪，靠朗诵自己的诗篇过日子。他一想起明天的生活，他的头发就变得灰白起来。他，这个伟大的先知者，是一个孤独的瞎子。锐利的荆棘把这位诗中圣哲的衣服撕得稀烂。

　　但是他的歌仍然是活着的，通过这些歌，古代的英雄和神仙也获得了生命。

　　图画一幅接着一幅地从日出之国，从日落之国现出来。这些国家在空间和时间方面彼此的距离很远，然而它们却有着同样的光荣的荆棘路。生满了刺的蓟只有在它装饰着坟墓的时候，才开出第一朵花。

骆驼在棕榈树下面走过。它们满载着靛青和贵重的财宝。这些东西是这国家的君主送给一个人的礼物——这个人是人民的欢乐，是国家的光荣。嫉妒和毁谤逼得他不得不从这国家逃走，只有现在人们才发现他。这个骆驼队现在快要走到他避乱的那个小镇。人们抬出一具可怜的尸体走出城门，骆驼队停下来了。这个死人就正是他们所要寻找的那个人：费尔杜西——光荣的荆棘路在这儿告一结束！

在葡萄牙的京城里，在王宫的大理石台阶上，坐着一个圆面孔、厚嘴唇、黑头发的非洲黑人，他在向人求乞。他是加莫恩的忠实的奴隶。如果没有他和他求乞得到的许多铜板，他的主人——叙事诗《路西亚达》的作者——恐怕早就饿死了。

现在加莫恩的墓上立着一座贵重的纪念碑。

还有一幅图画！

铁栏杆后面站着一个人。他像死一样的惨白，长着一脸又长又乱的胡子。

"我发明了一件东西——一件许多世纪以来最伟大的发明，"他说，"但是人们却把我放在这里关了二十多年！"他是谁呢？"一个疯子！"疯人院的看守说。"这些疯子的怪想头才多呢！他相信人们可以用蒸汽推动东西！"

这人名叫萨洛蒙·得·高斯，红衣主教黎塞留读不懂他的预言性的著作，因此他死在疯人院里。

现在哥伦布出现了。街上的野孩子常常跟在他后面讥笑他，因为他想发现一个新世界——而且他也就居然发现了。欢乐的钟声迎接着他的胜利的归来,但嫉妒的钟敲得比这还要响亮。他,这个发现新大陆的人,这个把美洲黄金的土地从海里捞起来的人,这个把一切贡献给他的国王的人,所得到的酬报是一条铁链。他希望把这条链子放在他的棺材上,让世人可以看到他的时代所给予他的评价。

图画一幅接着一幅的出现,光荣的荆棘路真是没有尽头。

在黑暗中坐着一个人,他要量出月亮里山岳的高度。他探索星球与行星之间的太空。他这个巨人懂得大自然的规律。他能感觉到地球在他的脚下转动。这人就是伽利略。老迈的他,又聋又瞎,坐在那儿,在尖锐的苦痛中和人间的轻视中挣扎。他几乎没有气力提起他的一双脚:当人们不相信真理的时候,他在灵魂的极度痛苦中曾经在地上跺着这双脚,高呼着:"但是地在转动呀!"

这儿有一个女子,她有一颗孩子的心,但是这颗心充满了热情和信念。她在一个战斗的部队前面高举着旗帜;她为她的祖国带来胜利和解放。空中起了一片狂乐的声音,于是柴堆烧起来了:大家在烧死一个巫婆——冉·达克。是的,在接着的一个世纪中人们唾弃这朵纯洁的百合花,但智慧的鬼才伏尔泰却歌颂"拉·比塞尔"。

在微堡的宫殿里,丹麦的贵族烧毁了国王的法律。火焰升起来,把这个立法者和他的时代都照亮了,同时也向那个黑暗的囚楼送进一点彩霞。他的头发斑白,腰也弯了;他坐在那儿,用手指在石桌上刻出许多线条。他曾经统治过三个王国。他是一个民众爱戴的国王；他是市民和农民的朋友：克利斯仙二世。他是一个莽撞时代的一个有性格的莽撞人。敌人写下他的历史。我们一方面不忘记他的血腥的罪过，一方面也要记住：他被囚禁了二十七年。

有一艘船从丹麦开出去了。船上有一个人倚着桅杆站着，向汶岛作最后的一瞥。他是杜却·布拉赫。他把丹麦的名字提升到星球上去，但他所得到的报酬是讥笑和伤害。他跑到国外去。他说："处处都有天，我还要求什么别的东西呢？"他走了，我们这位最有声望的人在国外得到了尊荣和自由。

"啊，解脱！只愿我身体中不可忍受的痛苦能够得到解脱！"好几世纪以来我们就听到这个声音。这是一张什么画片呢？这是格里芬菲尔德——丹麦的普罗米修斯——被铁链锁在木克荷尔姆石岛上的一幅图画。

我们现在来到美洲，来到一条大河的旁边。有一大群人集拢来，据说有一艘船可以在坏天气中逆风行驶，因为它本身具有抗拒风雨的力量。那个相信能够做到这件事的人名叫罗伯特·富尔登。他的船开始航行，但是它忽然停下来了。观众大笑起来，并且还"嘘"起来——连他自己的父亲也跟大家一起"嘘"起来："自高自大！糊涂透顶！他现在得到了报应！就该把这个疯子关起来才对！"

一根小钉子摇断了——刚才机器不能动就是因了它的缘故。轮子转动起来了，轮翼在水中向前推进，船在开行！蒸汽机的杠杆把世界各国间的距离从钟头缩短成为分秒。

人类啊，当灵魂懂得了它的使命以后，你能体会到在这清醒的片刻中所感到的幸福吗？在这片刻中，你在光荣的荆棘路上所得到的一切创伤——即使是你自己所造成的——也会痊愈，恢复健康、力量和愉快；嘈音变成谐声；人们可以在一个人身上看到上帝的仁慈，而这仁慈通过一个人普及到大众。

　　光荣的荆棘路看起来像环绕着地球的一条灿烂的光带。只有幸运的人才被送到这条带上行走，才被指定为建筑那座连接上帝与人间的桥梁的、没有薪水的总工程师。

　　历史拍着它强大的翅膀，飞过许多世纪，同时在光荣的荆棘路的这个黑暗背景上，映出许多明朗的图画，来鼓起我们的勇气，给予我们安慰，促进我们内心的平安。这条光荣的荆棘路，跟童话不同，并不在这个人世间走到一个辉煌和快乐的终点，但是它却超越时代，走向永恒。

心香一瓣

历史每前进一步，总是以某些人的惨重牺牲为代价的。通往真理之路，总是阻力重重。这条路，安徒生称之为"光荣的荆棘路"。

文中以故事形式，为我们展现了伟大的先驱者们为使得真理为人类所认识，在人生路上披荆斩棘甚至牺牲的悲壮历史。从苏格拉底、荷马……到罗伯特·富尔登，我们跟随安徒生一起回顾了那些行走在环绕地球的灿烂光带上的"连接上帝与人间的桥梁的、没有薪水的总工程师"。正是他们，推动了人类历史的前进。

"这条光荣的荆棘路，跟童话不同，并不在这个人世间走到一个辉煌和快乐的终点，但它却超越时代，走向永恒。"安徒生认为那些为真理而献身的人，他们的名字将在人类的史册上永远闪光。这也是他对于逝去者的一种告慰吧。

作者简介

汉斯·克里斯蒂安·安徒生（1805—1875），丹麦童话作家。他首次将童话由粗糙的民间传说，发展成为优美的、饱含作者情感的文学童话，为后世作家的创作留下经典范文。他一生著有168篇童话，如《拇指姑娘》、《海的女儿》、《野天鹅》、《丑小鸭》、《卖火柴的小女孩》等，至今脍炙人口。

笑与泪

[黎巴嫩] 卡里·纪伯伦

我发现那里有一种无边无际的东西。一种用金钱买不到的东西；一种用秋天凄凉的泪水所不能冲洗掉的东西；一种不能为严冬的苦痛所扼杀的东西；一种在日内瓦湖畔、意大利游览胜地所找不到的东西：它是那样坚强不屈，春来生机勃勃，秋到硕果累累。我在那里看到了爱情。

太阳从那些秀丽的公园里收起了它最后一道霞光，月亮从天边升起，温柔的月光泼洒在公园里。我坐在树下，观察着瞬息万变的天空。透过树枝的缝隙，仰望夜空的繁星，就像撒在蓝色地毯上的银币一样，远远地，听得见山涧小溪淙淙的流水声。

鸟儿在茂密的枝叶间寻找栖所，花儿闭上她困倦的眼睛。在万籁俱寂之中，我听见草地上有轻轻的脚步声，定睛一看，一个青年伴着一个姑娘朝我走来。他们在一棵葱郁的树下坐下来。我能看到他们，但他们却看不到我。那个青年往四周看了看，说道："坐下吧，亲爱的，请你坐在我的身边。你说吧！笑吧！你的微笑，就是我们未来的象征。你高兴吧！整个时代都为我们欢呼。我的心对我说，对你那颗心的怀疑，对爱情的怀疑是一种罪过，亲爱的！不久，你将成为这银色月光照耀下的广阔世界中的一切财产的主人，成为一座可以和王宫媲美的宫殿的主人。我将驾驭我的骏马，带你周游天下名胜；我将驾驶我的汽车，陪你出入跳舞厅、娱乐场。微笑吧，亲爱的，就像我宝库中的黄金那样微笑吧！你看着我，要像我父亲的珠宝那样地看着我。

你听着，亲爱的！我要是不向你倾述衷情，我的心就不会安宁。我们将欢度蜜年。我们要带上许多黄金，在瑞士的湖畔，在意大利游览胜地，在尼罗河宫旁，在黎巴嫩翠绿的杉树下度过我们的蜜年。你将与那些贵公主阔夫人相会，你的穿戴一定会引起她们的妒忌。我要给你所有这一切，难道你还不满意吗？啊！你笑得多么甜蜜啊！你微笑就仿佛是我的命运在微笑。"

过了一会儿，我看到他俩悠然自得地走着，就像富人的脚践踏穷人的心那样踩着地上的鲜花。

他们从我的视野中消失了，而我却在思考着金钱在爱情中的地位。我想，金钱——人类邪恶的根源；爱情——幸福和光明的源泉。我一直在这些思想的舞台上徘徊。突然我发现两个身影从我面前经过，坐在不远的草地上。这是一对从农田那边走过来的青年男女。农田那边有农民的茅舍。在一阵令人伤心的沉默之后，随着一声长叹，我听见从一个肺痨病人的嘴里说出了这样的话："亲爱的！擦干你的眼泪，至高无上的爱情已经打开了我们的眼界，使我们成了它的崇拜者。是它，给了我们忍耐和刚强。擦干你的眼泪！你要忍耐，既然我们已经结成亲爱的伴侣。为了美好的爱情，我们得忍受贫穷的折磨，不幸的痛苦，离别的辛酸。为了获得一笔在你面前拿得出手的钱财，以此度过今后的岁月，我必须与日月搏斗。亲爱的，上帝就是那至高无上的爱情的体现，他会像接受香烛那样接受我们的哀叹和眼泪，他会给我们适当的报酬。我要同你告别了，亲爱的！我不能等到月光消逝。"

然后，我听见一个亲切而炽热的声音打断了伤感的长嘘短叹。那是一个温柔的少女的声音，这声者倾注所有蕴藏在她肺腑里的热烈的爱情、离别的痛苦和苦尽甘来的快慰："再见，亲爱的！"

说完，他们便分别了。我坐在那棵树下，这奇妙的宇宙间的许多秘密暴露在我的面前，要我伸出同情之手。

那时，我注视着那沉睡的大自然，久久地注视着。于是，我发现那里有一种无边无际的东西。一种用金钱买不到的东西；一种用秋天凄凉的泪水所不能冲洗掉的东西；一种不能为严冬的苦痛所扼杀的东西；一种在日内瓦湖畔、意大利游览胜地所找不到的东西：它是那样坚强不屈，春来生机勃勃，秋到硕果累累。我在那里看到了爱情。

心香一瓣

何处安放青春,何处安放我们的爱情?

张小娴说:"幸福就是重复。每天跟自己喜欢的人一起,通电话,旅行,重复一个承诺和梦想,听他第二十八次提起童年往事,每年的同一天和他庆祝生日,每年的情人节、圣诞节、除夕,也和他共度。甚至连吵架也是重复的,为了一些琐事吵架,然后冷战,疯狂思念对方,最后和好。"

真正的爱情,可以跨越亘古时空、万水千山;真正的爱情,无所谓生死,无所谓贫富。真爱无价。

作者简介

卡里·纪伯伦(1883—1931),黎巴嫩阿拉伯诗人、作家、画家。他被称为"艺术天才"、"黎巴嫩文坛骄子",是阿拉伯现代小说、艺术和散文的主要奠基人,20世纪阿拉伯新文学道路的开拓者之一。著有短篇小说集《草原新娘》、《叛逆的灵魂》和长篇小说《折断的翅膀》等,散文诗集《先驱者》、《先知》、《先知园》、《流浪者》等。

论青年与老年

[英] 弗兰西斯·培根

一般说来,青年人富于"直觉",而老年人则长于"深思"。这两者在深刻和正确性上是有显著差别的。

世情如酒,越浓越醉人——年龄越大,则在世故增长的同时却愈会丧失正直纯真的感情。

一个年岁不大的人也可以是富于经验的人,假如他不曾虚度生活的话,然而这毕竟是罕有的事。

一般说来,青年人富于"直觉",而老年人则长于"深思"。这两者在深刻和正确性上是有显著差别的。

青年的特点是富于创造性,想象力也纯洁而灵活。这似乎是得之于神助的。然而,热情炽烈而情绪敏感的人往往要在中年以后方能成事,凯撒和塞维拉斯就是例证。曾有人评论后者说:他曾度过一个荒谬的——甚至是疯狂的青春。然而他毕竟成为罗马皇帝中极能干的一位。少年老成、性格稳健的人则在青春时代就可成大器，奥古斯都大帝、卡斯曼斯大公、卡斯顿勋爵即是如此。另一方面，对于老人来说，保持住热情和活力则是难能可贵的。

青年长于创造而短于思考，长于猛干而短于讨论，长于革新而短于守成。老年人的经验，引导他们熟悉旧事物，却蒙蔽他们无视新情况。青年人敏锐果敢，但行事轻率却可能毁坏大局。

青年的性格如同不羁的野马，藐视既往，目空一切，好走极端。勇于革新而不去估量实际的条件和可能性，结果常因浮躁而改革不成却招致意外的麻烦。老年人则正相反。他们常常满足于困守已成之局，思考多于行动，议论多于决断。为了事后不后悔，宁肯事前不冒险。

因此，最好的办法是把青年的特点与老年的特点在事业上结合在一起。这样，他们各自的优点正好弥补了对方的缺点。从现在的角度说，他们的所长可以互补他们各自的所短。从发展的角度说，青年可以从老年身上学到他们所不具有的经验。而从社会的角度说，有经验的老人执事令人放心，而青年人的干劲则鼓舞人心。但是如果说，老人的经验是可贵的，那么青年人的纯真则是崇高的。

《圣经》说："你们中的年轻人将见到天国，而你们中的老人则只能作梦。"有一位"拉比"解释这话说：上帝认为青年比老年更接近他，因为希望总比幻梦切实一些。要知道，世情如酒，越浓越醉人——年龄越大，则在世故增长的同时却愈会丧失正直纯真的感情。早熟的人往往凋谢也早。不足为训的是如下三种人。第一种，是在智力上开发太早的人。小时了了，大未必佳。例如修辞学家赫摩格尼斯就是如此。他少年时候就写出美妙的著作，但中年以后却成了白痴。第二种，是那种毕生不脱稚气的人。正如西塞罗所批评的赫腾修斯他早已该成熟却一直幼稚。第三种，是志大才疏的人。年轻时抱负很大，晚年却不足为训。像西庇阿·阿非利卡就是如此。所以历史学家李维批评他"一生事业有始无终"。

心香一瓣

青年人与老年人各有自己的优点与缺点。青年人富有朝气,敢于冒险,善于创新;老年人经验丰富,做事沉稳,考虑周到。

所以,在人才的选用上,也应该根据他们的年龄和性格特点,给予各自优势的发挥,尽量避免因个人缺陷而带来不必要的损失。要记住,关键时刻重要的不是拥有一副好牌,而是如何把坏牌打好。

作者简介

弗兰西斯·培根(1561—1626),英国哲学家、思想家、作家和科学家。被马克思称为"英国唯物主义和整个现代实验科学的真正始祖"。他不但在文学、哲学上多有建树,在自然科学领域里也取得了很大成就。著有《新工具》、《论说随笔文集》等。

论名声

[德] 亚瑟·叔本华

建立名声的成就可以分为两类：立功、立言，这是通向名声的两条必经之路。就基本条件而言，立功者需要有一颗伟大的心灵；立言者则需要一个伟大的头脑。

名声和荣誉恰如孪生兄弟，好似双子星座的卡斯特和波勒士，二位兄弟一个长存不朽，另一个却难以永恒。名声能不朽，它的弟兄却只能蜉蝣一现。当然，我所谓的名声具有高度的意义，也即是"名声"一词的真正涵义，不像有的名声，稍现即逝。荣誉是我们每个人在相似的条件下都应当去获取的一种东西，而名声则不可能赋之于每一个人。我们都有权利让自己具备"荣誉感"的品格，而名声则须由他人认可或赋予。拥有荣誉最多能使他人相识，而名声则意味着出类拔萃的成就，使我们能为人怀念铭记。人人皆想求得荣誉，而名声则只能为少数人所获，他们都是具有卓越成就的超常之辈。

建立名声的成就可以分为两类：立功、立言，这是通向名声的两条必经之路。就基本条件而言，立功者需要有一颗伟大的心灵；立言者则需要一个伟大的头脑。两条道路亦有区别，其得失也显而易见：功业若过眼烟云，而著作则永垂不朽。最为辉煌的丰功伟业，对人类社会的影响都有时限；然而一本才华横溢、飞珠溅玉的名著，却是生机勃勃的灵感泉源，历经千年岁月仍光华四射。功业更多的是留给人们回忆，在岁月的流逝中逐渐遗忘变形。日复一日，人们对它渐渐不再关心，直至消失殆尽，除非历史将它凝化为石，流传后世。而著作本身便可不朽，一旦书篇写就，便可与世长存。例如亚历山大帝王，我们所能记起的只是他的威名与事迹，而柏拉图、亚里士多德、荷马等人，他们的思想言论至今仍然在每个文人学士的头脑中闪耀，其影响比较与他们在世之时并无衰减。梵书与奥义书今天还在我们中间流传研习，而亚历山大当年光耀一时的丰功传业，已若春梦一般，荡然无存了。

立功的实现多少要靠机遇。因此，获得功名一方面固然是由于其业迹本身的价值，另一方面也有赖于时事风云的造就，否则，就不可能光华闪烁。以战功为例，它是一种靠他人所证明的成就，依赖的是少数见证人的证言，然而有些因素却难以确定，比如这些见证人并非都曾在现场亲眼目睹，即使在现场亲眼目睹，他们的观察报告也不一定公正确凿。以上所谈的是有关立功的几个弱点，但它们都可以用其优点来平衡。立功的优点在于它是一种很实际的事，亦较易为一般人所理解。所以，除非我们不明了创功立业者的动机，否则，一旦有了可靠可信的资料事实，便很容易作出公正的评判。

立言的情形则与立功相反。它无需偶然的机遇，所依靠的是立言者的品德学问，并且借此可与世长存。此外，所立之言的真正价值有时很难定论，内容愈是深奥，要想对它进行批评愈是不易。一般来说，很少有人能透彻地认识一部鸿篇巨制的价值，能够实事求是公正评价的批评家更是凤毛麟角。所以，靠立言而得的名声，大都是靠诸多判断累积而成。前面已经提及，功业更多的是留给人们回忆，而且很快便成过眼烟云；然而有价值的作品，除非残破不全，否则总是历久不衰，有如初版时新鲜生动，而且永远不会为一代一代相袭的传统所淘汰。再则，一部优秀的著作不会永久地为人误解，即使问世之初会为偏见所笼罩，然而历经岁月的洗礼，终会显示出它真正的价值。

事实上，名声是比较的结果，而且主要是在品格方面的对比，所以，要对其作出评价，也就因人而异；某人的名声因新秀的崛起，他原有的声望便不知不觉地受到了冲击或湮灭。因此，所谓绝对价值，只存在于那些出类拔萃之物，直接地靠其本身而傲视同类，在任何情况下都不可为他人剥夺。所以，伟大的头脑与心灵值得我们全力追求，以增进我们和社会的幸福。没有反射体我们无以看到光线，没有沸扬的名声我们便不可认识真正的天才。然而名声并不能代表价值，许多天才于默默中沉没。莱辛便有句名言："有些人得到了名声，有些人却当获未获。"

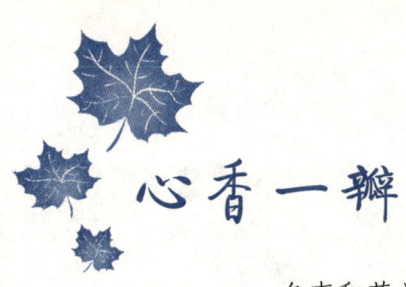

心香一瓣

名声和荣誉，都是对获得者的一种肯定和赞扬，但二者还是有着一定的区别。

名声比起荣誉更能长久地留存于世，因为名声更多地建立在道德品质的基础上，而荣誉则是对某种成就的肯定。对于那些在人类历史星空中熠熠生辉的伟人来说，名声比荣誉带给他们的光芒更多。

爱因斯坦在评价居里夫人时曾说道："第一流人物对于时代和历史进程的意义，在其道德品质方面，也许比单纯的才智方面的成就还要大。即使是后者，它们取决于品格的程度，也远超过通常所认为的那样。"真正的永恒的掌声，只能来自群众。沽名钓誉可以争得荣誉，却赢不了群众赐予的名声。

作者简介

亚瑟·叔本华（1788—1860），德国哲学家。他继承了康德对于现象和物体之间的区分，将著名的极端悲观主义和此学说联系在一起，认为意志的支配最终只能导致虚无和痛苦。他的散文，文笔流畅，思路清晰，对后来哲学著作的诗意化产生了较大影响。代表作有《人生的智慧》、《作为意志和表象的世界》等。

论未来

[英] 萨缪尔·约翰逊

人过中年,谁能不喝一杯忧伤的苦酒就能坐下来找到青年时期的欢乐呢!

在生命的每一时期,我们都不得不向未来借幸福。

在未来的时间长河中寻求安慰似乎就是人的命运。很难用及时享乐来充实愿望和想象,因此,我们只好用回忆和希望去补充其不足。

每一个人都经常会觉察到:希望常令人失望,防患于未然又是何等困难。当年轻人占据了这个世界,减弱了我们对这个时代的信任,我们正努力或希冀在回顾人生时找到快乐,却信赖真正的事实和经验。这也许就是老年人为什么会絮絮叨叨的原因之一。

然而,这个灾难充斥的世界,每一快乐的源泉都被灾难污染,每一个人的宁静生活都受到干扰。时光供给我们以足够的事实让我们能够去集中我们的思想时，却又混杂着如此纷纭的不幸，使我们不敢回忆，生怕不幸会闯入我们的心扉，我们躲避它们，宛如躲避穷追我们的敌人一样。

人过中年，谁能不喝一杯忧伤的苦酒就能坐下来找到青年时期的欢乐呢！他也许能让一些幸运的事件——欢乐的豪情，充满贪心的乐事的岁月，热情欢宴的夜晚——重新浮现；或者，如果他曾经在某种场合有过一些活动，熟悉一些艰难世事与命运的兴衰变易，那么当他回首在困难中得到过的坚定支撑，回首遭遇过带有决定性的危险，回首巧妙地击败了对手时，他就能够享受到这些较为高尚的乐趣。当伊里亚斯〔是特洛亚一个国王里阿姆的女婿。特洛伊战争中，城被毁时，他背着他的父亲和神像逃走，据说他带着二十三只船，其中沉没了十三只，他幸而得救，后又经过七年艰辛，到达提伯 (Tibes)，与该地王子的女儿结婚，后来成为拉丁民族的国王。因他忠于使命，被称为"忠诚的伊里亚斯"。〕和他的伙伴们登上一个不知名的荒凉国土时，伊里亚斯怀着希望安慰伙伴们说，他们共同的灾难等到遥远的未来将会被从容地重新加以描述。当回忆这些不幸事件时，因为它们既不会再度发生，也不会因我们的错误而扩散，更不会谴责我们是懦夫或罪犯，那么，就没有什么比这种回忆更令我们满足的了。

但是，这种欢快几乎常因我们最喜欢回忆那些曾与我们共享快乐而已入土的人们的往事而减少。在人类历史的进程中，几年的时间就可以形成一种巨大的破坏——就会看见它攫走了同我们一起走进世界的那些人，我们和他们之间的一切快乐或厌倦的期望，都曾经引起过我们亲切的回忆。从事企业的人，能够列举他的冒险和出门远游，但也不得不在某些联系结束之后，对曾经为他的成功作出贡献的那些人的名字叹息；在人类最愉快的时代度过了一生的人，曾经在他的记忆中储存了各种妙语警句，而现在，他的活泼与愉快已经溘然飞逝、了无声息；用辛勤来补充他享受缺乏的商贾边嗟叹他的形单影孤，失去了他的老伙伴，因为他们曾经共同安排过如何消遣晚景；在默默无闻中经过深邃的钻研而提高了声誉的学者，也找不到因他的故友或夙敌而感到的得意，因为他们的任何赞扬或羞辱，都常会增加他的骄矜。

马休尔到达幸福境地的必需品中，有一份并非是勤劳所得的，而只是继承来的财产。每种幸福，如果适时找到，就有必要使之完善。因为无论什么幸福，在行将就木时得到，为时已晚，很难得到更多的欢乐。人类的幸福是常有其缺陷的。在不应该为我们自己所获得的幸福中，一旦意外地获得，我们也只能得到一点裨益不大的身外之物，因为这种幸福，占有它或缺乏它，都无法比较出一个明显的差异，因而我们不能从而得到对自己才能的信心，更不能使自尊心有所增强；当我们不能接受圣餐，因而也就不能享受幸福时，只凭勇气或科学、凭智慧或勤劳所能获得的东西，最后也会必然到来。

因此，在生命的每一时期，我们都不得不向未来借幸福。在青年时期，我们没有什么经历的事物会使我们快活，未来同样有其局限性。在有限的范围内，幻想不会翩然而至，我们的视线也难以向远处扩展。我们的朋友与同伴的死亡，时时都叫我们想到我们即将离开这个世界；我们知道，生命快到尽头，我们必须同以前被忘却了的许多人一样安睡墓中，而把我们的地位让给别人；我们像从前那些人一样，被大地表面的希望或恐惧鞭策过后，消失在死神的阴影里。

我们在物质生活之外，又延伸出希望，每一个人几乎都对某些事物驰骋幻想，这些事物直到他改变了生活方式才会碰到。有些人把财产多和住宅大引为快事，为他们的家庭和荣誉预先准备好永存不朽的东西，或者竭力不使财富分散，因为积累财富已成为他们唯一的职守；另外那些十分文雅、高尚的人，则把精力专注在未来的名望上面，专注在那些不抱成见的后代子孙的感激上面。

灵魂完全系在财富与住宅上的那类人，无法明白他们本应对财富漠然置之，因而也就无法适宜地或认真地谈论这些问题，可是，追逐声名的人就可能对此作出反应，所以就有可能去考虑他们所期待的事物。

在遥远的未来，能否被人记住也许是值得每一个明智之士考虑的问题，但这是得不到满意的答案的。诚然，能名垂青史的，只是少数人，大多数人对此其实也兴趣索然。世界上从来没有什么余地来堆放那么多的名望。生命的职责是，在每种环境中，无论是短暂的快乐或痛苦，都不会超过一定的比例；而留给我们余暇去做那种不会十分影响我们眼前幸福的期待。一个人有了虚名，而不准他人侵入他的地盘，他就只能是那种一定要被抛入遗忘之塔里的人。心灵的眼睛恰似肉体的眼睛那样，能看到新的目标，对那些眼皮底下的东西反而视而不见。

因此，声名像一颗陨星，除了几个卓越的和不可战胜的名字之外，闪耀一下，就永远消逝了。如果思想或时间没有什么改变，那我们的声名也可能是隐匿无闻；一切具有我们这种思想或使我们的行为有所改变的人们，无时不匆匆地走入湮没无闻的境地，正像一种最被人喜欢的新事物常为时尚所采纳一样。

所以，照亮晚年的任何舒适的光线并非来自尘世。只有未来才是它的远景，在疾病的痛苦中，在老耄的衰弱里，只有储以待用的这种幸福（如果注意到这种幸福）才会支持我们。这些幸福，我们有信心去期待它，因为它来自某种偶然的力量，而且，只有热烈希望和真诚追求它的那些人才能得到这种力量。由此看来，每个心灵最终都应该栖息下来。希望是人类的主要福赐，并且，只有希望才是合理的。可以肯定，希望绝不会欺骗我们。

心香一瓣

时间的步伐有三种:未来姗姗来迟,现在像箭一般飞逝,过去永远静立不动。

在过去、现在、未来的时间链条上,每个阶段对于我们都有着特殊的意义。如果说过去因为已经结束而让我们无所依恋,现在因为正在消失而让我们很难把握,那么,未来就会因为承担着人类所有的希望而让我们奋勇前进。

哪里有希望,哪里就有奋斗。"希望是很好的早餐,却是很糟的晚餐。"培根如是说。只有奋斗才不会让今天的希望成为明日的叹息。

[作者简介]

萨缪尔·约翰逊(1709—1784),英国文学史上重要的诗人、散文家、传记家,他编纂的词典对英国发展起到了重大贡献。

时间

[英] 威廉·赫兹里特

> 岁月,每年都从我们身上剥夺一些东西;死亡,仅仅是把残存之躯交托给坟地。

随着年岁的增多,我们越来越深切地感到时间的宝贵。确实,世上任何别的东西,都没有时间重要。对待时间,我们也变得吝啬起来。我们企图阻挡时间老人的最后的蹒跚脚步,让他在墓穴的边缘多停留片刻。不息的生命长河怎么竟会干涸?我们百思不得其解。也许当"生活的所有生机已逝",我们就只能沉浸在对往事的回忆中,到了这一步,我们不管抓到什么,都会固执地紧抓不放;不管看到什么,我们都会感到空虚;不管听到什么,我们都会不再相信。我们不再有青年的丰富感情,觉得一切都单调乏味。世界是一个涂脂抹粉的巫婆,她乔装打扮,摆出一副诱人的面孔,让我们蹉跎岁月。无忧无虑的青春赋予我们的轻松、欢乐与幸福都像过眼烟云般地消失了。除非我们公然违反常识，否则也休想"在日薄西山的暮年，收获豆蔻年华无法奉献的鲜果"。

如果我们能免遭横祸，悄然离世，能战胜垂死时身体的虚弱和痛苦，能泰然自若地跨入另一个世界，我们就别无它求了。按照一般的自然规律，我们并不死于一旦：因为长期以来，我们就一直在逐渐地消耗生命的活力。在生命的历程中，我们的器官功能徐徐缕缕地丧失，我们的依恋也被一个一个地逐渐放弃。岁月，每年都从我们身上剥夺一些东西；死亡，仅仅是把残存之躯交托给坟地。这种归宿并没有什么了不起，平静地死去就像戏中的情节一样合情合理，无可非议。

这样，我们在某种意义上竟会虽生犹死。最终无声无息地化为乌有，这是毫不奇怪的。即使是在我们的黄金时代，印象最强烈的东西也没有留下多少痕迹，事物后浪推前浪地接踵而来，一个取代一个。不管在什么时候，我们看过的书，见过的事，受过的苦，给我们的影响是多么微乎其微啊！想一想，当我们读一本妙趣横生的传奇文学，看一场引人入胜的戏剧时，我们是怎样地百感交集，心潮澎湃，充满了多少美妙、庄严、温柔、断肠的感情波澜。那一刻，您也许会以为它们将会长驻脑海，永世不忘，或至少使我们的思想和它们的格调和谐，和他们的旋律一致。当我们一页页读下去，一幕幕看过去时，觉得似乎从今以后，再也没有什么能动摇我们的决心，"不管是内乱，还是外患，再也没有什么能影响我们"。然而只要我们一走上街道，身上被人溅上第一滴污泥，被第一个诡计多端的店主骗去两便士，我们脑海中这一切纯净美好的感情便统统消失得无影无踪,我们的精神支柱便完全崩溃。我们成了这卑劣、讨厌的环境的牺牲品。我们的思想还囿于生活的小圈子里,前后不一,卑劣渺小,要想让思想插上翅膀,飞向庄严、崇高的境地,我们就得做出巨大的努力。这一切发生在我们生命的极盛时期。那时,我们思想敏锐,一切新鲜事物都会使我们冲动,使我们热血沸腾。不管是人间还是天国,都不能满足我们难填的欲壑和过分的奢望。然而,世上也有那么几个幸运儿,他们天生一个好性格,不会因任何琐事而烦恼,这种态度使他们心境恬适,安之若素,使他们周围荡漾着神圣的和谐之声。这才是真正的和平与安宁,否则的话,如果让懊悔和烦恼的心情缠身,即使是飞入荒凉的沙漠,隐居于乱石林立的山巅也无济于事;有了这种宁静之心,就根本无需去进行这些尝试。唯一真正的退隐是心灵的安宁,唯一真正的悠闲为心境的平静。对于这种人来说,处于青春年华和风烛残年毫无区别。他们体面地辞别人世,悄然而去,就像他们活着的时候那样无声无息。

心香一瓣

飞逝的时间,总是令很多人唏嘘不已。同时,我们会发现总有那么少部分的人士,从容淡定并且事业有成。他们笑对生活,惯看成败,极少抱怨,还是我们眼中"幸运之神的宠儿"。难道他们天生就注定有这样的好运?

否也。他们成功,不仅靠能力,更靠心灵的宁静。他们懂得什么才是自己真正想要的,所以在岁月的洗礼中经受住了各种浮华的诱惑和蒙蔽。对于过去,他们不沉浸;对于现在,他们牢牢把握;对于未来,他们有清晰的规划。这就是他们的过人之处和成功秘诀。

任何人的成功都是可以复制的,虽然我们的起点不同,但决定成败的并不在起点,而在转折点。只要你找准方向,愿意改变,倾尽全力,时间会见证你的辉煌。

作者简介

威廉·赫兹里特(1778—1830),19世纪英国文艺评论家、散文作家。曾就读于神学院。主要作品有《莎士比亚戏剧中的人物》、《论英国诗人》、《时代精神》、《论青春不朽之感》、《席间闲谈》等。

人生

[丹麦] 布兰代斯，G. 徐继曾 译

他们为他们所选择的安静的职业而忙碌，经受着岁月带来的损失和忧伤和岁月悄悄带走的欢愉。当死神临近时，他们会像阿基米德在临死前那样提出请求："不要弄乱我画的圆圈。"

这里有一座高塔，是所有的人都必须去攀登的。它至多不过有一百级。这座高塔是中空的。如果一个人一旦达到它的顶端，就会掉下来摔得粉身碎骨。但是任何人都很难从那样的高度摔下来。这是每一个人的命运：如果他达到注定的某一级，预先他并不知道是哪一级，阶梯就会从他的脚下消失，好像它是陷阱的盖板，而他也就消失了。只是他并不知道那是第二十级或是第六十三级，或是哪一级，他所确实知道的是，阶梯中的某一级一定会从他的脚下消失。

最初的攀登是容易的，不过很慢。攀登本身没有任何困难，而在每一级上从塔上的隙望孔望见的景致是足够赏心悦目的。每一件事物都是新的，无论近处或远处的事物都会使你目光依恋流连，而且瞻望前景还有那么多的事物。越往上走，攀登越困难了，目光不大能区别事物，它们看起来都是相同的。同时，在每一级上似乎难以有任何值得留恋的东西。也许应该走得更快一些，或者一次连续登上几级，然而这是不可能做到的。

通常是一个人一年登上一级，他的旅伴祝愿他快乐，因为他还没有摔下去。当他走完十级登上一个新的平台后，对他的祝贺也就更热烈些。每一次，人们都希望他能长久地攀登下去，这希望也就显露出更多的矛盾。这个攀登的人一般是深受感动，但却忘记了留在他身后的很少有值得自满的东西，并且忘记了什么样的灾难正隐藏在前面。

这样，大多数被称作正常的人的一生就如此过去了，从精神上来说，他们是停留在同一个地方。

然而这里还有一个地洞，那些走进去的人都渴望自己挖掘坑道，以便深入到地下。而且，还有一些人的渴望是去探索许多世纪以来前人所挖掘的坑道。年复一年，这些人越来越深入地下，走到那些埋藏金属和矿物的地方。他们使自己熟悉那地下的世界，在迷宫般的坑道中探索道路，指导或是了解或是参与到达地下深处的工作，并乐此不疲，甚至忘记了岁月是怎样逝去的。

这就是他们的一生，他们从事向思想深处发掘的劳动和探索，忘记了现时的各种事件。他们为他们所选择的安静的职业而忙碌，经受着岁月带来的损失和忧伤和岁月悄悄带走的欢愉。当死神临近时，他们会像阿基米德在临死前那样提出请求："不要弄乱我画的圆圈。"

  在人们眼前，还有一个无穷无尽地延伸开去的广阔领域，就像撒旦在高山上向救世主显示的所有那些世上的王国。对于那些在一生中永远感到饥渴的人，渴望着征服的人，人生就是这样：专注于攫取更多的领地，得到更宽阔的视野，更充分的经验，更多地控制人和事物。军事远征诱惑着他们，而权力就是他们的乐趣。他们永恒的愿望就是使他们能更多地占据男人的头脑和女人的心。他们是不知足的，不可测的，强有力的。他们利用岁月，因而岁月并不使他们厌倦。他们保持着青年的全部特征：爱冒险，爱生活，爱争斗，精力充沛，头脑活跃，无论他们多么年老，到死也是年轻的。好像鲑鱼迎着激流，他们天赋的本性就是迎向岁月之激流。

  然而还有这样一种工场——劳动者在这个工场中是如此自在，终其一生，他们就在那里工作，每天都能得到增益。在不知不觉中他们变得年老了。的确，对于他们，只需要不多的知识和经验就够了。然而还是有许多他们做得很好的事情，是他们了解最深、见得最多的。在这个工场里生活变了形，变得美好，过得舒适。因而那开始工作的人知道他们是否能成为熟练的大师只能依靠自己。一个大师知道，经过若干年之后，在钻研和精通技艺上停滞不前是最愚蠢的。他们告诉自己：一种经验（无论那可能是多么痛苦的经验），一个微不足道的观察，一次彻底的调查，欢乐和忧伤，失败和胜利，以及梦想、臆测、幻想、人类的兴致，无不以这种或另一种方式给他们的工作带来益处。因而随着年事渐长，他们的工作也必须更丰富。他们依靠天赋的才能，用冷静的头脑信任自己的才能，相信它会使他们走上正路，因为天赋的才能是属于他们自己的。他们相信在工场中，他们能够做出有益的事情。在岁月的流逝中，他们不希望获得幸福，因为幸福可能不会到来。他们不害怕邪恶，而邪恶可能就潜伏在他们自身之内。他们也不害怕失去力量。

他们的工场不大，但对他们来说已够大了。它的空间已足以使他们在其中创造形象和表达思想。他们是够忙碌的，因而没有时间去察看放在角落里的计时沙漏计，沙子总是在那儿下漏着。当一些亲切的思想给他以馈赠，他是知道的，那像是一只可爱的手在转动沙漏计，从而延缓了它的停止。

心香一瓣

"高塔"象征着生命的历程,台阶意味着成长的年岁。文章中描绘了几类不同的人生状态:

第一种人生是大多数人经历的普通的人生,攀登者只顾向上走,没有什么留恋和值得自豪的成就。虽然他们攀登的高度不尽一样,但都是糊糊涂涂地走了一段旅程,"在精神上停留在同一个地方"。

第二种人生是属于专家和学者的,他们一路探索和欣赏着自己感兴趣的风景,安静而忙碌,充实地走完了自己的旅程。

第三种人生似乎是属于那些勇士和帝王的,攀登者有着强烈的征服欲望,对权力的永久渴望使得他们永远不倦地奔跑在人生的旅途中。

第四种人生是属于普通劳动者的,他们努力在平凡的工作中精益求精,不计较一时的得失。

作者简介

布兰代斯,G.(1842—1927),丹麦文艺评论家、文学史家。著有《十九世纪文学主流》、《歌德传》、《伏尔泰传》等作品。他倡导的急进民主主义文学,以及提倡作家关心现实的社会问题等观点,改变了丹麦及北欧浪漫派脱离实际的倾向,推动了欧洲现实主义文学的发展。

生与死

[意大利] 达·芬奇

> 除了死亡，每一种灾祸都在记忆里留下悲哀。死亡是最大的灾祸，记忆和生命被它一股脑儿毁灭了。

啊，你睡了。睡眠是什么？睡眠是死的形象。唔，你的工作为什么不能成为这样：死后你成为不朽的形象，好像活着的时候；你睡得成了不幸的死人。

除了死亡，每一种灾祸都在记忆里留下悲哀。死亡是最大的灾祸，记忆和生命被它一股脑儿毁灭了。

勤劳的生命带来愉快的死亡，正像劳累的一天带来愉快的睡眠一样。

当我想到我正在学会如何去生活的时候，我已经学会如何去死亡了。

时光飞逝，它偷偷地溜走，而且相继蒙混；再没有比时光易逝的了。但是，能收获荣誉者，必然是播种道德者。废铁会生锈，死水会变臭，懒惰甚至会逐渐毁坏头脑的活动力。

生命若勤劳，必然能长久。

时光犹如河川之水，你所触到的前浪的浪尾也就是后浪的浪头。因此，你要格外珍惜现在的时间，此时此刻。人们痛惜时间的飞逝，抱怨它去得太快，看不到这一段时期并不短暂，这都是非常错误的。自然所赋予我们的好记忆使过去已久的事情如同就在眼前。

因为发现在许多年前的许多事情和现在仿佛是密切关联的，所以我们的判断不能按照事情的精确顺序，推断不同时期所要过去的事情。目前的许多事情到我们后辈的遥远年代将视为邈古。对眼睛来说也是如此，远处的东西被太阳光所照的时候仿佛就近在眼前，而眼前的东西却仿佛很远。

时间，你销蚀万物！嫉妒的年岁，你吞噬万物，而且用尖利的一年一年的牙齿摧毁万物，一点一点地、慢慢地叫它们死亡！海伦，当她照着镜子，看到年月在她脸上留下憔悴的皱纹时，她哭泣了，而且不禁对自己寻思：为什么把她带走两次？

哦，时间啊，万物被你耗蚀！哦，嫉妒的年岁，你摧毁万物！

心香一瓣

活着,就要有意义。没有什么比走过一段充实的生命旅程更值得引以为豪。

生与死,从起点到终点,每个人画出的是不同的生命轨迹。所有的努力和奋斗,不都是为了人生目标这一个终点吗?起点可以不同,但是选择了不同的拐点,最后的终点就大不一样。

千金难买寸光阴。等量的时间里,不同的人创造的结果却千差万别。成功者,都是和时间赛跑的人。怎样生活,到达哪里,取决于你自己。

作者简介

达·芬奇(1452—1519),意大利文艺复兴三杰之一,欧洲文艺复兴时期代表之一。他是一位思想深邃、学识渊博、多才多艺的画家、寓言家、雕塑家、发明家、哲学家、音乐家、医学家、生物学家、地理学家、工程师。绘画名作有《蒙娜丽莎》、《岩间圣母》、《最后的晚餐》等。

牵线木偶

[法] 亨利·柏格森　徐继曾 译

　　幻想可以通过使人想起那是木偶戏这个办法，把任何真实的、严肃的，甚至是崇高的场面变成滑稽的东西。

　　在很多喜剧场面当中，人物以为自己是在自由地说话和行动，因此保持着生命的要素，但从某一角度来看，他却只不过是由耍弄他的人双手操纵的一个玩具。从儿童操纵的小木偶到有史嘉本摆布的吉隆特和阿尔康特，其中的距离是容易逾越的。不妨听听史嘉本的自白："这部机器已经找着了。"或者是："把他们都捉到我的网里来了。"等等。由于一种自然的本能，也由于人们宁可给人上当也不愿自己上当——至少在想象中是如此吧——所以观众总是站在骗子手这一边。观众既然偏向骗子手这边，他就像一个说服同伴把木偶借给他玩的孩子一样，自己就牵起线来在台上玩弄一番。但最后这个条件也并非必不可缺。只要我们清楚地意识到这是一个机械装置，我们同样也可以置身于剧情之外。当一个剧中人摇摆于两个主意之间，这两个主意轮流来拉拢他，例如巴汝其问皮尔和保尔他是否应该结婚的时候，就是那种情况。在这时候，喜剧作家总要把这样两个相反的主意用人物来体现。因为如果观众不来牵线，至少总得有演员来牵线才行。

生活当中的严肃成分全都来自我们的自由。我们酝酿成熟的情操，我们培养起来的情欲，经过我们深思熟虑，决心从事并终于付诸实践的行动，总之是一切来自我们、高于我们的东西，都给生活以庄严的，有时甚至是崇高的外貌。怎样才能把这一切转变成喜剧呢？那就必须设想，表面的自由底下都隐藏着一套木偶的牵线，而我们都像诗人胥黎·蒲吕东所说的那样，是：

……一些微不足道的木偶，

他们的线儿操在命运之手。

因此，幻想可以通过使人想起那是木偶戏这个办法，把任何真实的、严肃的，甚至是崇高的场面变成滑稽的东西。就用武之地的广阔来说，没有哪种手法是可以跟幻想相比拟的。

心香一瓣

展开想象的翅膀,给生活添加一点幽默的成分,让人生不再陷于无休止的烦恼和压力之中吧。

想象力是我们生命中的天使。生活里不能只是严肃、真实的成分,还需要留白的空间。现实可能不会迅速改变,但想象却可以成全我们的梦想。在脑海中天马行空地涂鸦,可以抚慰一下干渴的心田,浇灌一下希望的小苗。

缺乏想象力的人生是死板的、灰暗的。有梦才有未来,让想象力的翅膀载着梦想飞翔吧。

作者简介

亨利·柏格森(1859—1941),法国著名哲学家。他对哲学、数学、心理学、生物学有深厚兴趣,尤其酷爱文学。1900年任法兰西学院教授,1914年当选为伦理政治科学院主席,并被膺选为法兰西科学院院士。第一次世界大战期间,他以学者身份步入政界,历任驻西班牙和美国大使。1919年任法国政府文教最高会议委员,1922年担任国际联盟文化合作委员会第一任主席。凭借《创造进化论》、《笑的研究》等一系列直觉主义的充满诗意的著作,获得1927年诺贝尔文学奖。

关于爱情的沉思

[法] 苏利·普吕多姆

爱人的名字不是一个普通的词，它有一张特殊的面孔，有生命，温柔而神圣；人们往往低着头，压低声音说它，装作漫不经心的样子，人们艰难地说出这个名字，好像它带有我们的爱情不谨慎的标记，会泄露爱情一样。

所有的情人都不是诗人，远远不是，谢天谢地！然而有个东西所有的情人都用诗人的目光来看，那就是所爱的对象。

我欣赏"对象"这个词。是的，所爱的女人是时间和疾病毁坏的对象，她像许多衰老的东西一样由此失去所有的魅力，因为爱情说穿了是对外貌的一种崇拜。男子们自相矛盾地指责打扮和化妆这种与岁月可怜的斗争！首饰和脂粉是女人耻辱我们的东西。

极其妄自尊大才会相信自己被人爱，可要不再相信自己被人爱那得非常不幸才行。

情人似乎想让他人高兴基于自己享乐，他还是利己主义者，因为他想让人高兴的目的是为了自己享乐。

爱情所怂恿的引诱女人的鲁莽与爱情所许诺的幸福相对应。因此，这种引诱确切地说不是蠢举，如果人们还不能凭经验得知许诺是欺骗人的东西。

好享乐的人喜欢害羞；这是一块待揭的多余的面纱，是第一块，它给享乐增添了征服的自豪。

对卖弄风情的女人的处罚是只让她想念爱情，她一感到这一点就不会再卖弄风情了。

假正经是世故的羞耻，贞洁是知情的羞耻。假正经是对安全感的怨恨，羞耻是吟灵与肉完全献出的女人的自然防卫，它是女人对只献出肉体不献出灵魂的厌恶；它是事物不可分割的证明。

人们不管怎样都对女人有好感，他们对堕落的女人比对造成女人堕落的男人更蔑视就是一个证明。

一个真正有良心的女人必然也是有思想有美德的人，因为女人的心十分细腻。细腻是敏感和精细的结合体，那正是没有歹意的思想之所在。

母性中感人的是它把母亲变成了上帝，它很少不明白自己的作用。

不幸的感情之缺陷是它在因贫困而让人痛恨生活的同时又因欲望而倾慕生活。

对我来说，爱就是使人幸福。爱情正如我所感到的那样存在于为女人的幸福而作出牺牲至少作出贡献的需要中。

谈论爱情的虚荣和弱点是没有意思的。

男人只需保证把爱藏在心中，不应该在划分其本质时破坏它。爱情是感觉，同时也是思想，正如美本身是形式也是表现一样。没有接吻的爱是不完全的，没有柔情和尊重的爱也是不完全的。学会混合这两种幸福的源泉，按相当的比例混合，决不使它枯竭，这就是爱的艺术。当人们想一口喝掉幸福之水时，他觉得这算不了什么。爱情总的来说在其乐趣方面是可分的，只有细细品尝才觉得味好，其理由十分简单：肉体的快感不管如何强烈都是有限定有边界的，可人们用此创造出来的形象不会比想象本身有更多的价值，它总是战胜强烈的身体危机，由此产生了心中的爱情和表达它的感官爱情之间不协调的痛苦之情，满足把这些爱互相联系起来，因为它们是不可分割的。所以，没有比淫荡更容易使人致命的东西了。谁想达到幸福的尽头谁很快就可以达到。相反，聪明人对快乐精打细算，很有保留；他不是一次用完他的宝藏，他知道如何使肉体之爱像道德之爱一样无穷无尽，永不枯竭。

好色之徒应该懂得我们越尊重妇女，我们在同女人的交易中得到的乐趣也就越甜蜜越醉人。享乐本身就与羞耻有关。

很少女人有足够的道德和思想让人忘记她们的美貌。

是我们对女人的爱使得她们对我们的爱甜蜜幸福；假如，我们不爱她，那她的爱对我们来说是痛苦的，不会打动我们。只有被爱的人所爱才是幸福的。

爱的时候行不到爱，不爱的时候行到了爱，我不知道对有良心的男人来说哪种更痛苦。

在得到爱情之前，人们想象最丑的女人的爱也会使他幸福，可在这一点上人们感到了失望。

爱，很平常；相爱，颇少见。爱是一条法规，相爱是一种偶然。

把生命献给一个人和剥夺他的生命同样重要。在这种或那种情况下，你不知道给你带来了什么命运；在这种或那种情况下你掌握着他。爱情像罪恶一样隐藏，像罪恶一样犹豫，像罪恶一样后悔。可情人们在献出生命时没有意识到自己在干些什么；他们受到快乐的支配，当这种快乐由于婚姻而得到合法时，他们既不懂其中的秘密，也不懂其中的犹豫和内疚。但使得他们心神不安的大自然也许懂得这种行为的重要性，在他们身上颤抖的正是它；只有它创造应该受苦的人，情人们不过是些盲目的帮凶。

有些人，人们宁愿看见他们生病不愿看见他们不忠诚，这就叫做爱！

当爱情别无他用，除了给微不足道的东西以价值，这样的爱将是神圣的。

嫉妒是爱情的海关。它总在找是否还有什么要报关；可走私品何其多！海关法又多么可恶！在原则上大家都不反对海关法，可谁都遵守。多少次在嫉妒向人们拿钥匙之前人们就把钥匙给了它！它干了起来。

在真正爱情中，信任是嫉妒唯一的隐蔽所。

柔情，心灵的守护神。柔情的特性是预感和猜测。

在爱的争斗中，冷漠总是占上风，因为只有它能够思索：最不温柔的总是有理的。

献殷勤是交易，爱情是牺牲。

恋爱时，愿望和拥有之间好像银海迢迢。这似乎指的是迈过一道神圣的门槛，这一步是多么巨大呀……但进门之迅速令人惊奇。在语言中那么明确的"您"与"你"之间的区别模糊了，很快，感情上也同样。突然，人们毫不惊奇地以"你"相称了：爱情以"你"相称是因为它是两颗心为了互相结合和拥有升降的极限；它消除了地位和能力方面的区别，赞同了两个人。

人们所爱的人的名字成了形容词，可以用来修饰。

爱人的名字不是一个普通的词，它有一张特殊的面孔，有生命，温柔而神圣；人们往往低着头，压低声音说它，装作漫不经心的样子，人们艰难地说出这个名字，好像它带有我们的爱情不谨慎的标记，会泄露爱情一样。然而，人们听到它还是感到非常幸福，因为它胜似响声，它是一种声音，当它被写下来时，人们给了它一张可爱的面孔……

演说家满足于各种各样的听众，诗人寻找精英，情人偏爱某一个人，没有这个人他将感到一种无法忍受的孤独。

没有敬意的激情可能存在，但不存在没有敬意的温情。

爱情是强迫人接受的后代。

在用心柔情之前用尽了柔情的语言，我对此感到失望。我还要对她说多少年？我羡慕儿童富有表现力的结结巴巴的语言。

女人的怜悯是痛苦，而不是理智。

柔情之于爱情正如风度之于美貌，柔情是爱情的风度。

女人，上帝的微笑的化身。

被人爱意味着有个人只想帮助我们，委身于我们，当我们想到这一点，我们会感到爱情的所有价值，尤其是在这个越来越自私的社会里。

第一个试图用婚约毕生为女人创造幸福和创造自己与她一道生活的幸福的人也许很鲁莽，也许很钟情。

不敢说"我将永远爱你"就是不爱。说了，是证明婚姻的合法性。

根据法典，婚姻法是这样的：法律在生活中划了两道平行线，它对夫妇们说："在这两条线中间行走；允许你们在那儿相会，可禁止出来。"

男女之间为了生活而进行的不自然的结合是人们所能想象的最鲁莽最可怕的东西。

在纸下放一块磁铁，纸上的针不可能不动。磁铁随意支配顺从的钢铁。把它们合并在一块，它们将完全失去作用。可一旦分开，它们又处于新的被支配状态。女人懂得这个秘密。有人会说我的例子不那么令人满意，因为针与磁铁永恒的结合唯有暴力能够拆散。我会回答说婚姻也是一种不可解体的联系；我的例子很好，因为针与磁铁的结合不妨碍磁铁吸引另一枚针，这表明它对第一枚针的冷漠。这是许多夫妇的写照。

由于友情而爱的男人，人们希望等到他幸福；出于爱情而爱的女人，人们希望看到她陷入困境以便帮助她摆脱困境。她的幸福不会使我们欢乐，除非这幸福是我们创造的。

爱情中有自私的成分，可友情决不会有。一个是出借，真正的爱能产生一种抗拒命运打击的不可战胜的力量，能产生一种对幸运的蔑视。

爱情有一个可靠的标准，那就是人们所付出的时间。

心香一瓣

古往今来对于爱情的吟诵赞唱不计其数,法国作家普吕多姆则以诗一样的语言对爱情进行了全方位解析。

人们渴望、赞美爱情,是因为它能够使人们感到幸福,尤其是在孤苦、寂寞、压力等困难环境中能产生奇异而强大的力量。

感情,勉强不来。真正的爱情,是在相互尊重与信任中诞生的。信任、忠诚,是相爱的人牵手的彩虹。时间是检验爱情的试金石。不需要海誓山盟,不需要海枯石烂,真正相爱的人必定会"执子之手,与子偕老"。

"前世五百年的回眸,才换来今世的一次擦肩而过。"愿有情人终成眷属,相守爱的承诺。

[作者简介]

苏利·普吕多姆(1839—1907),法国著名诗人、散文家。他是第一个获得诺贝尔文学奖的人。代表作有诗集《长短诗集》、《孤独》、《徒然的爱情》、《碎瓶》、《命运》、《正义》、《幸福》等。

婴儿

[美] 马克·吐温

我喜欢"婴儿一点也不重要"的想法!为什么?因为一个婴儿只会把整幢房子都占为己有,并搞得一团糟;一个婴儿就会使你和你的内务部忙个不停;他勇于进取,难以控制,往往目无法纪;无论你采取什么手段,都无法使他恪守常规。

主席先生、各位先生们:

"为婴儿祝酒!"真是妙不可言。

我们并非都能有幸做过女人,我们也并非都做过将军、诗人或政治家。但是,轮到为婴儿祝酒,我们就有了共同点——因为我们都做过婴儿(笑声)。几千年来,世界各地在举行宴会时竟完全忽视了婴儿，好像婴儿一点也不重要。这太不像话！先生们。如果各位静思片刻——如果各位回到五十年或一百年前，回到婚后不久的岁月，并再度凝视你们的第一个小宝贝——各位就会记起他非常重要，而且岂止是重要（笑声）。

你们军人都知道，当那个小家伙来到你家的大本营，你就得递交辞呈。他掌管了全部指挥权。你成了他的随从，他的保镖。你还得侍奉左右，恭候吩咐。他这个司令官不考虑时间早晚，距离远近，天气好坏，或其他任何情况。不管有无可能，你都得执行命令。而且，他的战术教范只有一种行军方式，那就是跑步（笑声）。他对你百般蛮横，百般无礼，而你就算浑身是胆，也不敢吭声。你可以面对多纳尔森和维克斯堡的死亡风暴奋勇反击。

但是，当他抓你的胡子，扯你的头发，拧你的鼻子，你却不得不忍气吞声（笑声）。当战争的雷声在你的耳际响起，你迎着炮火迅猛前进；但是，当他像印第安人那样开始发出令人恐怖的战斗呼喊（笑声），你却大踏步地后撤，而且你还很高兴有这样的机会。

当他嚷着要喝止咳糖浆，你敢脱口说出自己的意见吗？你敢说有些服务项目不适合一位军官和绅士吗？不，你会起身去拿糖浆！如果他吩咐你去拿奶瓶，但瓶里的奶不热，你会顶嘴吗？不，你会行动起来，你会去把奶热一下！你在"仆人工作室"里竟然如此屈尊俯就，以致于亲口尝尝那不冷不热的玩意儿，看看是否正好！嗯——三份水，一份奶，加一点糖来减轻"肚子疼"，再加一滴薄荷油来防止那顽固的呃逆。我至今还记得那玩意儿的滋味！（哄堂大笑）

你这样下去学会了多少东西哟！多情的年轻人仍然笃信一个古

老的传说：婴儿如果在睡梦中微笑，是因为天使在对他讲悄悄话。

太美了，但是太不可信了——那只是肠胃发出的嘀咕声而已，朋友们（笑声）。如果你的小宝贝提议在老时间，即在凌晨两点半散步，你难道不立即起身，并说你正想提议这样做吗？哦，你是训练有素的！你穿着"便服"（笑声），怀抱宝宝，在房间里来来回回踱步；你不顾尊严地、咿咿呀呀地信口胡扯；你甚至还亮出军人的嗓门，努力唱上一曲"宝宝乖——宝宝睡——"。

田纳西军团真是出足洋相了！而邻居也真是苦恼透了！因为在一英里之内，并非人人都喜欢在凌晨三点欣赏军乐（笑声）。你这样持续了两三个小时，而你的茸头小上司却示意，操练和歌声对他再合适不过，并建议在这条战线上打到底，即使要打一个整夜——继续战斗吧！你怎么办？你只能继续战斗，直到筋疲力尽倒下为止（笑声）。

我喜欢"婴儿一点也不重要"的想法！为什么？因为一个婴儿只会把整幢房子都占为己有，并搞得一团糟；一个婴儿就会使你和你的内务部忙个不停；他勇于进取，难以控制，往往目无法纪；无论你采取什么手段，都无法使他恪守常规。

一个孩子就够你受的了。如果你还有理智，千万不要祈求生双胞胎。双胞胎意味着骚乱不已，而三胞胎无异于造反（笑声）。

现在，在全国三四百万个摇篮中，有几个摇篮将被我国视为神圣的文物而世世代代地保存起来——如果我们知道是哪几个的话。因为在其中一个摇篮中，一位迷迷糊糊的未来的法拉格特此时正在出牙——各位想一想出牙时的情景吧——他还非常热切地咕哝了一句什么，虽然口齿不清，但是情有可原。

在另一个摇篮里,未来的天文学家正没精打彩地对着闪烁的银河眨眼,思忖着另一位叫做奶奶的人的下落。

在第三个摇篮里,未来的大史学家正躺在那儿,无疑要躺到这平凡的使命完成为止。在还有一个摇篮里,未来的总统并不在为国家大事而操劳,却在为头发这么早出了问题而烦神(笑声)。

在一长列其他摇篮里,大约有六千名谋求官职者,现在正准备再向这位未来的总统提供解决这一老问题的机会!在美国国旗下的某地还有一个摇篮,里面躺着美军未来的总司令,他此刻并不在为将来的威严和责任犯愁,而是开动着他的全部战略头脑,想方设法把大脚趾伸进嘴里——这并非对今晚显赫的贵宾有何不敬,而是说,五十六年前他也曾把注意力放在这件大事上!如果说从小看到大,三岁看到老,那么,只有极少数人才会怀疑他取得了成功。(笑声、经久不息的掌声)

心香一瓣

本文是美国大作家马克·吐温在将近一百三十年前的芝加哥田纳西陆军团宴会上的演讲，充满着鲜明的"马克·吐温式"幽默。

我们都是由婴儿一步步长大的，但谁能清晰地记得婴儿时期自己折磨父母的样子？或许只有到了为人父母的时刻，我们才能有深刻的体悟。

父母是我们幼小生命的守护神，没有他们的悉心照顾，就不会有我们的茁壮成长。"可怜天下父母心"，无论我们走多远，都始终走不出父母关切的目光。但愿儿女们都能体谅父母、立志成才，不要辜负了他们的养育之恩！

作者简介

马克·吐温（1835—1910），原名萨缪尔·兰亨·克莱门，美国幽默大师、小说家、作家，也是著名演说家，19世纪后期美国现实主义文学的杰出代表。代表作品有《百万英镑》、《哈克贝利·费恩历险记》、《汤姆·索亚历险记》等。

巴尔扎克之死

[法] 维克多·雨果

送葬行列穿过巴黎，经过大街来到拉雪兹神甫公墓。我们从教堂出发和到达墓园时，雨滴往下飘落。这一天，老天爷似乎也洒落几滴眼泪。

1850年8月18日，我的妻子曾在白天去看望德·巴尔扎克夫人，她对我说，德·巴尔扎克先生奄奄一息。我直奔他那里。

德·巴尔扎克先生一年半以来染上了心脏肥大症。二月革命以后，他到了俄国，在那里结了婚。他动身前几天，我在大街上遇到他；他已经叫苦不迭，大声地喘息。

1850年5月，他回到法国，结了婚，变得富有，却行将就木。回来时他已经双腿肿胀。四个会诊的医生给他听诊。其中一个即路易先生7月6日对我说：他活不到六个星期。他和弗雷德里克·苏利埃患的是同一种病。

8月18日，我跟我的叔叔路易·雨果将军共进晚餐。一散席，我便与他分手，乘上一辆出租马车。马车把我送到博永区福蒂内林阴大道14号。德·巴尔扎克先生就住在那里。他买下德·博永先生的公馆的残留部分，这座低矮住宅的主要部分出于偶然才避免拆毁。他把这些破房子用家具布置得富丽堂皇，使之变成一幢迷人的小小公馆，大门面临福蒂内林阴大道，一个狭长的院子当作小花园，小径这里那里切割开花坛。

我按了按铃。月光蒙上了乌云。街道阒无人影。没有人来开门。我按了第二次铃。门打开了。一个女仆手拿蜡烛，出现在我面前。

"先生有何贵干？"她问。

她在哭泣。

我报了自己的名字。女仆让我走进底层的客厅，在壁炉对面的一个托座上，放着大卫雕刻的巴尔扎克大理石巨大胸像。一支蜡烛在客厅中央的椭圆形华丽桌子上燃烧着，这张桌子以六个式样至善至美的金色小雕像作为支脚。

另一个也在哭泣的女人来对我说：

"他已奄奄一息。夫人回到自己房里。医生们从昨天起已撒手不管他了。他左腿有个伤口。生的是坏疽。医生们束手无策。他们说，先生的水肿是像猪肉皮似的水肿，是浸润性的，这是他们的话，皮和肉就像猪肉，不可能为他做穿刺术。嗨，上个月先生就寝时撞上一件有人像装饰的家具，皮肤划破了，他身体内所有的水都流出来。医生们说：哎呀！这使他们吃惊，从那时起，他们给他做穿刺术。他们说：按常规办事吧。但腿上又生了个脓肿。给他动手术的是鲁先生。昨天,起掉了器械。伤口不出脓,但发红、干燥、火辣辣的。于是他们说:他完了!便再也不来了。派人去找了四五个医生,都白费力气。所有的医生都回答:没有办法。昨夜情况恶化。今天早上六点,先生不能说话了。夫人派人去找教士。教士来了,给先生做了临终涂油礼。先生示意他明白了。一小时以后,他握了他妹妹德·舒维尔夫人的手。11个小时以来,他发出嘶哑的喘气声,再也看不见东西。他过不了今夜。如果您愿意,先生,我会去找德·舒维尔夫人,她还没有睡下。"

这个女人离开了我。我等了一会儿。蜡烛刚刚照亮客厅富丽的陈设和挂在墙上的波布斯以及霍尔拜因的出色绘画。大理石胸像好似不久于人世那个人的幽灵那样,朦朦胧胧伫立在昏暗中。一种尸体气味充满了屋子。

德·舒维尔夫人进来了,给我证实了女仆告诉我的一切。我要求见见德·巴尔扎克先生。

我们穿过一个走廊。登上铺着红地毯和摆满艺术品——瓷瓶、雕像、油画,搁着珐琅制品的餐具橱的楼梯,然后是另一道走廊,我看到一扇打开的门,我听到很响的不祥的嘶哑喘气声。

我来到巴尔扎克的卧房。

一张床放在这个房间的中央。这是一张桃花心木床,床脚和床头有横档和皮带,表明这是一件用来使病人活动的悬挂器械。德·巴尔扎克先生躺在这张床上。他的头枕在一堆枕头上,人们还加上从房间的长靠背椅拿来的锦缎靠垫。他的脸呈紫色,近乎变黑,向右边耷拉,没有刮胡子,灰白的头发理得很短,眼睛睁开,眼神呆滞。我看到侧面的他,他这样酷似皇帝。

一个老女人，是女看护，还有一个男仆，站在床的两侧。枕后的桌上一支蜡烛燃烧着，另一支放在门旁的五斗柜上。一只银壶放在床头柜上。

这个男人和这个女人怀着某种恐怖默默无言，倾听着垂危病人大声嘶哑地喘息着。

枕头边的蜡烛强烈照射着挂在壁炉旁粉红色和露出微笑的一幅年轻人肖像。

一股难以忍受的气味从床上冒出来。我掀开毯子，捏住巴尔扎克的手。它布满了汗。我捏紧这只手。他对挤压没有回应。

一个月前，正是在这同一个房间，我来拜访他，他很高兴，满怀希望，不怀疑会复原，笑着指出他的肿胀。

我们对政治谈论和争论得很多。他责备我"蛊惑人心的宣传"。他是正统主义者。他对我说："您怎么能这样平静地放弃这个仅次于法国国王头衔的最美的法国贵族院议员头衔呢？"

他这样对我说："我拥有德·博永先生的房子，除去花园，但加上街角那座小教堂的圣楼。我的楼梯上有扇门开向教堂。钥匙一转，我就能做弥撒，我更看重圣楼而不是花园。"

我跟他分手时，他送我走到这道楼梯，他走路很艰难，给我指出这道门，他对妻子喊道："尤其要让雨果看看我所有的画。"

女看护对我说：

"他在天亮时就会断气的。"

我下楼时脑际带走这苍白的脸；穿过客厅时，我又看到一动不动、冷漠无情、傲视一切、隐约闪光的胸像，我将死和不朽作比较。

回到家里，这是一个星期天，我看到几个人在等我，其中有土耳其代办黎查·贝，西班牙诗人纳瓦雷特和意大利流亡者阿里瓦贝纳伯爵。我对他们说：诸位，欧洲即将失去一个伟才。

他在夜里与世长辞，享年 51 岁。

下葬是在星期三。

他先停放在博永小教堂，他经过这扇门：惟有这扇门的钥匙，对他来说，比以往的包税人所有的天堂似的花园更为宝贵。

他谢世那一天，吉罗雕塑他的肖像。人们本想浇铸他的面模，但是无法做到，面孔毁坏得很快。他去世的第二天早上，赶来的模塑工人发现脸孔已毁败，鼻子塌倒在脸颊上。人们把他放进包铅的橡木棺材里。

宗教仪式是在圣菲利普—杜—鲁勒教堂进行的。我站在灵柩旁边寻思，我的二女儿就在这里洗礼，从那天以后，我没有再看过这个教堂。在我们的记忆中，死亡连接出生。

内政部长巴罗什前来参加葬礼。在教堂里他坐在我旁边，追思台前面，他不时同我交谈。

他对我说："这是一个杰出的人。"

我对他说："这是一个天才。"

送葬行列穿过巴黎，经过大街来到拉雪兹神甫公墓。我们从教堂出发和到达墓园时，雨滴往下飘落。这一天，老天爷似乎也洒落几滴眼泪。

我走在灵柩前头的右边，手执柩衣的一根银色流苏。大仲马在另一边。

我们来到山冈上居高临下的墓穴时，那里有一大片人，道路崎岖不平而又狭窄，几匹马艰难地往上爬，要拉住往下坠的灵柩。我被挤在一只车轮和一座坟墓之间。我差点被车压着。站在坟茔上的观众抓住我的肩膀，把我提到他们身旁。

整个路程我们都是步行。

人们把灵柩放到墓穴里，这个墓穴与沙尔·诺迪埃和卡齐米尔·德拉维涅为邻。教士念了最后的祈祷，我说了几句话。

在我讲话时，太阳西沉。整个巴黎在我看来处在远处落日辉煌的雾气中。几乎在我脚边，泥土崩塌落在墓穴里，我的讲话被跌落在灵柩上的泥土沉闷的响声打断了。

心香一瓣

细致的描写,直白的叙述,看似平静的字里行间,流淌的是怎样一种的沉重的情感!

斯人虽已去,风范犹长存。对于一个伟人来说,死亡不是黯淡的谢幕,而是如秋叶般的美丽告白。叶子离开了,还有根深扎在人们的心里。

"杰出"也好,"天才"也罢,巴尔扎克对于一个时代的贡献绝不会因为他的陨落而被埋没,反而会大放异彩。

作者简介

维克多·雨果(1802—1885),法国浪漫主义作家,人道主义的代表人物,法国文学史上卓越的资产阶级民主作家,被人们称为"法兰西的莎士比亚"。一生著作颇丰,代表作有长篇小说《巴黎圣母院》、《悲惨世界》,诗集《光与影》、《秋叶集》等。

悼念乔治·桑

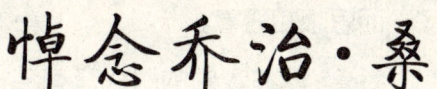

[法] 维克多·雨果

> 人形有隐蔽作用，它遮住了真正神圣的面孔，这面孔就是思想。乔治·桑是一种思想；这思想如今离开了肉体，获得了自由；她辞世了，而思想却活着。

我哀悼一位逝去的女性，向一位不朽的女子致敬。

我以往热爱她，赞赏她，尊敬她；今天，在死亡的宁静肃穆中，我瞻仰她。

我称赞她，因为她的创造是伟大的，而且我感谢她，因为她的创造是美好的。我记忆犹新，有一天，我曾经给她写信说："我感谢您心灵如此伟大。"

难道我们失去她了吗？

没有。

高大的形象不见了，但是并没有销声匿迹。远非如此；几乎可以说，这些形象发展了。它们变成了无形，却在另一种形式下变得清晰可见。这是崇高的变形。

人形有隐蔽作用，它遮住了真正神圣的面孔，这面孔就是思想。乔治·桑是一种思想；这思想如今离开了肉体，获得了自由；她辞世了，而思想却活着。

乔治·桑在我们的时代享有独一无二的位置。其他伟人都是男人，她却是伟大的女性。

本世纪以完成法国革命和开始人类革命为其法则；在这个世纪里，由于性别的平等属于人类平等的范围内，因此一个伟大的女性是必不可少的。妇女必须证明，她可以拥有我们男性的所有天赋，而又不失去女性天使般的品质；强大有力而又始终温柔可爱。

乔治·桑就是这种证明。

既然有那么多的人给法国蒙上耻辱，就必须有人给它带来荣耀。乔治·桑将是我们的世纪和法国值得骄傲的人物之一。这个誉满全球的女性完美无缺。她像巴尔贝斯一样有一颗伟大的心灵，像巴尔扎克一样有伟大的头脑，像拉马丁一样有崇高的心胸。她身上有诗才。在加里波第创造了奇迹的时代，她写出了杰作。

用不着一一列举这些杰作。何必把大家记得的事再鹦鹉学舌一遍呢？标志这些杰作力量所在之特点的，是善良。乔治·桑是善良的。因此，她受到憎恨。受人赞美有个替身，就是遭人嫉恨，热情有一个反面，就是侮辱。嫉恨和侮辱既是表明赞成，又想表明反对。后人会将嘲骂看作得到荣耀的喧闹声。凡是戴上桂冠的人都要受到抨击。这是一个规律，侮辱的卑劣要以欢呼的大小作为测度。

像乔治·桑那样的人都是为公众谋福利的。他们逝去了，他们一旦逝去，在他们本来那个显得空荡荡的位置上，便可以看到实现了新的进步。每当这样一个杰出人物去世，我们便仿佛听到翅膀拍击的巨大响声；既有东西逝去，就有别的东西继续存在。

大地像天空一样，也有隐没的时候；但是，人间像上天一样，重新显现，跟随在消失之后：一个男人或者一个女人，就像火炬一样以这种形式熄灭了，却以思想的形式重新放光。于是人们看到，原来以为熄灭的东西是无法熄灭的。这支火炬越发光芒四射；从此以后，它属于文明的一部分；它进入了人类广大的光明之中；它增加了光明；因为把假光熄灭了的神秘的气息，给真正的光提供了燃料。

劳动者离开了，可是他的工作已经大功告成。

埃德加·基内去世了，但是从他的坟墓冒出了至高无上的哲学，而又从他坟墓的上方给人们提出劝告。米什莱谢世了，但是在他身后耸立着一部历史，勾画出未来的历程。乔治·桑长辞了，但是她给我们留下妇女展露女性天才的权利。变化就是这样完成的。让我们哭悼死者吧，但是要看到接踵而至的现象；留存下来的是确定无疑的事实；由于有了这些令人自豪的思想先驱，一切真理和一切正义都迎我们而来，而这正是我们听到的翅膀拍击的声音。

请接受我们逝去的名人在离开我们的时候，给予我们的东西吧。让我们面向未来，平静而充满沉思，向伟人的离去给我预示的光辉前景的到来致敬吧。

心香一瓣

高尚无需证明。

一流的作家,杰出的人物,留给人们的永远是伟大的心灵、崇高的思想。它们像火炬一样,虽然以一种形式熄灭了,却以另一种形式光芒四射。

这些光芒中,充满了正义、真理、善良和无畏,充满了一切光明和积极的因子。正是这些东西,点亮了引领人类文明航船前行的灯塔。

正是因为这伟大的心灵,伟大的思想,人类知道了如何在风雨中前进。

作者简介

维克多·雨果(1802—1885),法国浪漫主义作家,人道主义的代表人物,法国文学史上卓越的资产阶级民主作家,被人们称为"法兰西的莎士比亚"。一生著作颇丰,代表作有长篇小说《巴黎圣母院》、《悲惨世界》,诗集《光与影》、《秋叶集》等。

关于死亡

[奥地利] 西格蒙德·弗洛伊德

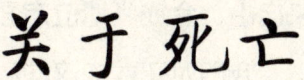

人生就像是弈棋,一步失误,
全盘皆输,这真是令人悲哀之事;
而且人生还不如弈棋,不可能再来
一局,也不能悔棋。

我们当然有着思想准备,把死亡看成生命的必然归宿,从而同意这样的说法:每一个人都欠大自然一笔账,人人都得还清账——一句话,死亡是自然的,不可否认的,无法避免的。而实际上,我们则习惯于用言行表明,情况不是这样。我们表现出一种明确的倾向,试图"暂缓考虑"死亡,或者从生活中将它排除掉。我们总是想把死包藏起来,秘而不宣。我们甚至还有这么一个说法:"想到某事就像我们想到死亡一样"。当然这是提倡自己死亡时,自己能看得到,我们实际上是作为一个旁观死亡的人而活着。

至于他人之死,文明人都小心翼翼地不当着别人的面提起。只有儿童不顾忌这些条条框框，他们肆无忌惮地互相威胁对方会死，甚至当着心爱者的面谈论死亡。比如："亲爱的妈妈，你死了太可惜了。不过，你死了之后，我会做这，做那。"如果别人对自己不坏，文明人是不会谈论甚至想到别人死亡的，除非他是一个以同死亡打交道为职业的医生、律师或者类似的人。如果他人之死会给自己带来自由、金钱、地位方面的好处，文明人更不会谈论这人的死。当然，我们对死亡的这种敏感仍无力捉住死神之手。当死神之手落下之时，我们在感情上会受到震动，仿佛我们完全被破灭打垮了。于是，我们习惯于强调死亡的偶然性——事故、疾病、感染、衰老，这种习惯暴露了我们修正死的含义的努力，将必然性修改为偶然性。众多人同时死去对我们来说特别可怕。我们对死者本人采取了一种特殊态度，就像是向某个完成了特别困难任务的人表达出敬意一样。我们对死者的评价往往也是扬长避短，提出这样的要求：对于死者宜隐恶而扬善。因而无论在悼词中还是在墓碑上，只写下对被怀念者有利的话语。这似乎也是理所应当的了。死者已不需什么尊敬，但在我们看来，对死者的尊敬比对真理的崇敬更为可贵，甚至胜过对生者的尊敬。

　　文明人这种惯常的对死的态度在自己心爱的人——婴儿、兄弟、姐妹、亲朋好友——死去的时候，达到了高潮。此时，我们往往痛不欲生，我们的一切希望、自尊、快乐都随着死者进入了坟墓，任何事情都不能给我们以安慰，任何东西都不能弥补爱人之死给我们造成的损失。这种行为表明，我们似乎也像阿什拉部族的原始人一样，心爱的人死去，自己也必须跟着去死。

　　我们对死亡的这种态度也深深影响着我们的生活。如果我们不能在生活的游戏之中，对生活本身孤注一掷，生活便显得贫乏，毫无意义，平淡而肤浅。这正像美国人调情一样，从一开始双方就知道，一切都会十分顺畅。这样的调情与欧洲大陆式的谈情说爱刚好形成对照。在欧洲大陆，谈情说爱的双方一开始就须记住引起爱情的严重后果。我们易于受到感情的束缚，人死之后，往往悲痛欲绝。这使我们不愿意想到自己会有危险，也不愿设想同自己有关的人会遭到什么不幸。我们不敢从事带有危险性然而又是必须做的工作，诸如在空中飞行，远征到它国，实验爆炸物等等。我们不敢设想自己会遭到不幸，因为，如果灾难降临，谁能弥补母亲失去儿子、妻子失去丈夫、孩子失去父亲这样重大的损失？我们总是从一切事情中排除死亡，也随之排斥了很多东西。

所有这一切之必然结果，便是我们力图从虚构的世界中，从文学和戏剧中，寻求某种东西，给贫乏生活以补偿。在这里，我们见到了知道该怎样去死的人，以及能够杀死他人的人。只有在这里，我们才将自己同死亡协调起来，经历了人世沧桑，我们自己却仍安然无恙。人生就像是弈棋，一步失误，全盘皆输，这真是令人悲哀之事；而且人生还不如弈棋，不可能再来一局，也不能悔棋。在文学的领域之中，我们找到了我们所渴望的那种多样化的生活。我们似乎随着某一特定人物的去世而死去，而实际上，他死了，我们还活着。我们随时准备着在下一个人物死去时，自己再次象征性地死去。

心香一瓣

　　文学是为人生的艺术。在文学虚构的世界中，我们可以经历生与死的体验。

　　人生如棋。在文学世界中，我们可以做一个很好的棋手，但是在现实生活中，很多人还是剑走偏锋、处处碰壁。

　　人生不能重来。要顺利走好这盘棋，就要有明确的人生目标与职业生涯规划，这样才不至于在迷惘中浪费光阴、在犹豫里错失良机。

　　死亡并不可怕，可怕的是带着空虚与悔恨给人生的篇章画上无数个遗憾的叹号与省略号。

[作者简介]

　　西格蒙德·弗洛伊德（1856—1939），犹太人，奥地利精神病医生及精神分析学家。精神分析学派的创始人。著有《性学三论》、《梦的释义》、《图腾与禁忌》、《日常生活的心理病理学》、《精神分析引论》、《精神分析引论新编》等。

伟大的渴望

[德] 弗里德里希·尼采

哦，我的灵魂哟，再没有比你更仁爱，更丰满，和更博大的灵魂！过去和未来之交汇，还有比你更切近的地方吗？

哦，我的灵魂哟，我已教你说"今天"、"有一次"、"先前"，也教你在一切"这"、"那"和"彼"之上跳舞着你自己的节奏。

哦，我的灵魂哟，我在一切僻静的角落救你出来，我刷去了你身上的尘土，和蜘蛛，和黄昏的暗影。

哦，我的灵魂哟，我洗却了你的琐屑的耻辱和鄙陋的道德，我劝你赤裸昂立于太阳之前。

我以名为"心"的暴风雨猛吹在你的汹涌的海上；我吹散了大海上的一切云雾；我甚至于绞杀了名为罪恶的绞杀者。

哦，我的灵魂哟，我给你这权利如同暴风雨一样地说着"否"，如同澄清的苍天一样的说着"是";现在你如同光一样的宁静,站立,并迎着否定的暴风雨走去。

哦,我的灵魂哟,你恢复了你在创造与非创造以上之自由;并且谁如同你一样知道了未来的贪欲?

哦,我的灵魂哟,我教你侮蔑,那不是如同虫蛀一样的侮蔑,乃是伟大的,大爱的侮蔑,那种侮蔑,是他最爱之处的侮蔑。

哦,我的灵魂哟,我被你如是说屈服,所以即使顽石也被你说服;如同太阳一样,太阳说服大海趋向太阳的高迈。

哦,我的灵魂哟,我夺去了你的屈服,和叩头,和投降;我自己给你以这名称"需要之枢纽"和"命运"。

哦,我的灵魂哟,我已给了你以新名称和光辉灿烂的玩具,我叫你为"命运"为"循环之循环"为"时间之中心"为"蔚蓝的钟"!

哦,我的灵魂哟,我给你一切智慧的饮料,一切新酒,一切记不清年代的智慧之烈酒。

哦,我的灵魂哟,我倾泻一切的太阳,一切的夜,一切的沉默和一切的渴望在你身上——于是我见你繁茂如同葡萄藤。

哦,我的灵魂哟,现在你生长起来,丰富而沉重,如同长满了甜熟的葡萄的葡萄藤!——为幸福所充满,你在过盛的丰裕中期待,但仍愧报于你的期待。

哦,我的灵魂哟,再没有比你更仁爱,更丰满,和更博大的灵魂!过去和未来之交汇,还有比你更切近的地方吗?

哦,我的灵魂哟,我已给你一切,现在我的两手已空无一物!现在你微笑而忧郁地对我说:"我们中谁当受感谢呢?"

给与者不是因为接受者已接受而当感谢的吗？赠贻不就是一种需要吗？接受不就是慈悲吗？

哦，我的灵魂哟，我懂得了你的忧郁之微笑：现在你的过盛的丰裕张开了渴望的两手了！

你的富裕眺望着暴怒的大海，寻觅而且期待；过盛的丰裕之渴望从你的眼光之微笑的天空中眺望！

真的，哦，我的灵魂哟，谁能看见你的微笑而不流泪？在你的过盛的慈爱的微笑中，天使们也会流泪。

你的慈爱，你的过盛的慈爱不会悲哀，也不啜泣。哦，我的灵魂哟，但你的微笑，渴望着眼泪，你的微颤的嘴唇渴望着呜咽。

"一切的啜泣不都是怀怨吗？一切的怀怨不都是控诉吗！"你如是对自己说；哦，我的灵魂哟，因此你宁肯微笑而不倾泻了你的悲哀——不在迸涌的眼泪中倾泻了所有关于你的丰满之悲哀，所有关于葡萄的收获者和收获刀之渴望！

哦，我的灵魂哟，你不啜泣，也不在眼泪之中倾泻了你的紫色的悲哀，甚至于你不能不唱歌！看啊！我自己笑了，我对你说着这预言：

你不能不高声地唱歌，直到一切大海都平静而倾听着你的渴望——直到，在平静而渴望的海上，小舟飘动了，这金色的奇迹，在金光的周围一切善恶和奇异的东西跳舞着——一切大动物和小动物和一切有着轻捷的奇异的足可以在蓝绒色海上跳舞的。

直到他们都向着金色的奇迹，这自由意志之小舟及其支配者！但这个支配者就是收获葡萄者，他持着金刚石的收获刀期待着。

哦，我的灵魂哟，这无名者就是你的伟大的救济者，只有未来之歌才能最先发现了他的名字!真的,你的呼唤已经有着未来之歌的芳香了。

你已经在炽热而梦想,你已经焦渴地饮着一切幽深的,回响的,安慰之泉水,你的忧郁已经憩息在未来之歌的祝福里!

哦,我的灵魂哟,现在我给你一切,甚至于我的最后的。我给你,我的两手已空无一物——看啊,我盼咐你歌唱,那就是我所有的最后的赠礼。

我盼咐你唱歌——现在说吧,我们两人谁当感谢?但最好还是:为我唱歌,哦,我的灵魂哟,为我唱歌,让我感谢你吧!——查拉斯图拉如是说。

心香一瓣

伟大的渴望,伟大的灵魂,就是尼采这位哲学家对自己的"超人"理想深沉而富有诗意的呼唤。

他曾说:"谁将声震人间,必长久深自缄默;谁将点燃闪电,必长久如云漂泊。"这种执着与毅力,非常人所能具备。这种信念,正是理想巨大威力的体现。

理想是行动的引路人,是培植一切成就与伟业之树的种子。学历是铜牌,能力是银牌,理想才是王牌。没有成功欲的人,心就如槁木死灰,是难以有所作为的。

作者简介

弗里德里希·尼采(1844—1900),德国著名哲学家、诗人和散文家,西方现代哲学的开创者。代表作有《悲剧的诞生》、《偶像的毁灭》,自传《看啊,这人》,诗歌《威尼斯》、《落日西沉》等。

狱中书简

[德] 罗莎·卢森堡

我正写这封信的时候,一只很大的土蜂飞进我的房里来了,房间里充满了低沉的嗡嗡声。这多么美啊,在这因为夏暑、花香和辛勤的工作而发出的嗡嗡声里含着多么深刻的生之乐趣!

1917年5月19日寄自佛龙克……

现在这儿多美啊!到处是葱翠的绿色,百花怒放。栗树披上了鲜嫩而华丽的绿叶,醋栗树上点缀着许多黄色的小星星,长着略带红色的叶子的樱桃树也已经盛开,黑桦树也正含苞欲放。今天路易斯·考茨基来看我,临行时,她送给我一簇毋忘我花和蝴蝶梅,我便亲自把它们栽种起来。我把毋忘我花和蝴蝶梅交错相间种成两个圆球形的花簇,又在中间笔直地种了一行。所有的花都种的那么好,我几乎不敢相信自己的眼睛，因为这是我生平第一次种花，居然种得这么成功。正巧到生灵降临节的时候，我的窗前有这么多的鲜花！

现在这儿有许许多多新来的鸟儿，我每天都认识一种以前没有见过的。啊，你还记得，那时候我们跟卡尔一起一清早在植物园里听夜莺叫，我们看见一颗硕大无朋的大树，一片叶子还没长，却密密层层地生了一树闪闪发亮的小白花；我们苦苦地思索，这到底是什么树啊？因为它显然不是株果树，花儿的形状也有些奇怪。现在我知道了！这是一棵白杨树，上面长的其实不是花，而是小嫩叶。白杨树的长成的叶子下面是白的，上面是深绿色的，可是初长出来的幼叶却两面都盖着一层白色的茸毛，在阳光里像是白色花朵一样闪烁发光。而今我的小院中就耸立着这样一棵高大的白杨树，所有的鸣禽都特别喜欢在上面。那时候，就是在同一天，你们俩晚上在我家里，你还记得吗？那时候多美啊：我们朗诵了一些东西，夜半我们站起来分别的时候，从敞开的阳台门外，吹进来一股夹着茉莉花香的清风，我还给你们唱了那首我很喜欢的西班牙歌：

真值得赞美，谁创造了世界，

他把世界创造得多么完美，

他创造了深不可测的海洋，

他创造了船儿，飘过大海。

他创造了永远光明的天堂，

他创造了大地和你的面庞。

啊，宋尼契嘉，如果你没听过沃尔夫谱曲的这首歌，你就不知道在最后这两句纯朴的结句中包涵着多少炽烈的感情。

现在，我正写这封信的时候，一只很大的土蜂飞进我的房里来了，房间里充满了低沉的嗡嗡声。这多么美啊，在这因为夏暑、花香和辛勤的工作而发出的嗡嗡声里含着多么深刻的生之乐趣！

宋尼契嘉，祝你愉快，请你快快写信来，我渴望着。

你的罗莎

心香一瓣

　　罗莎·卢森堡是一位有着坚定意志和革命乐观主义精神的欧洲革命家,她经常说:"要有耐心和勇气,我们还要活下去,我们还要经历惊天动地的事呢。"

　　正是对欧洲民族主义革命的坚定信心,才使她无论遭遇怎样恶劣的斗争环境,都永葆生的希望。即使在监狱这样黑暗压抑的地方,她的内心依旧是光明的。在她的眼中,窗外植物是美丽的风景,小动物的嗡嗡声则蕴藏着无尽的乐趣。

　　由此可见,崇高的信念是一个人不灭的精神明灯,可以让他战胜任何艰难困苦的折磨。

作者简介

　　罗莎·卢森堡(1871—1919),国际共产主义运动著名政治活动家和理论家,德国社会民主党和第二国际左派领袖。她把一生献给了社会主义事业,在反对修正主义、资本主义和帝国主义世界大战的暴风雨中,始终英勇斗争,不畏强暴,显示了高度的革命乐观主义精神,被列宁誉为"革命之鹰"。

人是能够思想的芦苇

[法] 布莱兹·帕斯卡尔

人的伟大——我们对于人的灵魂具有一种如此伟大的观念,以致我们不能忍受它受人蔑视,或不受别的灵魂尊敬;而人的全部的幸福就在于这种尊敬。

思想形成人的伟大。

人只不过是一根苇草,是自然界最脆弱的东西;但他是一根能思想的苇草。用不着整个宇宙都拿起武器来才能毁灭;一口气、一滴水就足以致他死命了。然而,纵使宇宙毁灭了他,人却仍然要比致他于死命的东西更高贵得多;因为他知道自己要死亡,以及宇宙对他所具有的优势,而宇宙对此却是一无所知。

因而,我们全部的尊严就在于思想。正是由于它而不是由于我们所无法填充的空间和时间我们才必须提高自己。因此，我们要努力好好地思想，这就是道德的原则。

能思想的苇草——我应该追求自己的尊严，绝不是求之于空间，而是求之于自己的思想的规定。我占有多少土地都不会有用；由于空间，宇宙便囊括了我并吞没了我，有如一个质点；由于思想，我却囊括了宇宙。人既不是天使，又不是禽兽；但不幸就在于想表现为天使的人却表现为禽兽。

思想——人的全部的尊严就在于思想。

因此，思想由于它的本性，就是一种可惊叹的、无与伦比的东西。它一定得具有出奇的缺点才能为人所蔑视；然而它又确实具有，所以再没有比这更加荒唐可笑的事了。思想由于它的本性是何等地伟大啊！思想又由于它的缺点是何等地卑贱啊！

然而，这种思想又是什么呢？它是何等地愚蠢啊！人的伟大之所以为伟大，就在于他认识自己可悲。一棵树并不认识自己可悲。因此，认识自己可悲乃是可悲的；然而认识我们之所以为可悲，却是伟大的。

这一切的可悲其本身就证明了人的伟大。它是一位伟大君主的可悲，是一个失了位的国王的可悲。我们没有感觉就不会可悲，一栋破房子就不会可悲。只有人才会可悲。

人的伟大——我们对于人的灵魂具有一种如此伟大的观念，以致我们不能忍受它受人蔑视，或不受别的灵魂尊敬；而人的全部的幸福就在于这种尊敬。

人的伟大——人的伟大是那样地显而易见，甚至于从他的可悲里也可以得出这一点来。因为在动物是天性的东西，我们于人则称之为可悲；由此我们便可以认识到，人的天性现在既然有似于动物的天性，那么他就是从一种为他自己一度所固有的更美好的天性里面堕落下来的。

因为，若不是一个被废黜的国王，有谁会由于自己不是国王就觉得自己不幸呢？人们会觉得保罗·哀米利乌斯不再任执政官就不幸了吗？正相反，所有的人都觉得他已经担任过了执政官乃是幸福的，因为他的情况就是不得永远担任执政官。然而人们觉得柏修斯不再作国王却是如此之不幸——因为他的情况就是永远要作国王——以致人们对于他居然能活下去感到惊异。谁会由于自己只有一张嘴而觉得自己不幸呢？谁又会由于自己只有一只眼睛而不觉得自己不幸呢？我们也许从不曾听说过由于没有三只眼睛便感到难过的，可是若连一只眼睛都没有，那就怎么也无法慰藉了。

对立性。在已经证明了人的卑贱和伟大之后——现在就让人尊重自己的价值吧。让他热爱自己吧，因为在他身上有一种足以美好的天性；可是让他不要因此也爱自己身上的卑贱吧。让他鄙视自己吧，因为这种能力是空虚的；可是让他不要因此也鄙视这种天赋的能力。让他恨自己吧，让他爱自己吧，他的身上有着认识真理和可以幸福的能力；然而他却根本没有获得真理，无论是永恒的真理，还是满意的真理。

因此，我要引人竭力寻找真理并准备摆脱感情而追随真理

（只要他能发现真理），既然他知道自己的知识是彻底地为感情所蒙蔽；我要让他恨自身中的欲念——欲念本身就限定了他——以便欲念不至于使他盲目做出自己的选择，并且在他做出选择之后不至于妨碍他。

心香一瓣

多么精妙的比喻！人就像芦苇般脆弱，但是却能够思考，有着自己不容忽视和亵渎的尊严。

"我们全部的尊严就在于思想。"人因思想而高贵，因思想而伟大。能够认清自己，有思考，有追求，是人区别于其他动植物的一大特征。

生命个体都是既渺小又伟大的，发现并热爱自己的美好天性，尊重自己的价值，真理和幸福就伸手可触！

作者简介

布莱兹·帕斯卡尔（1623—1662），法国著名思想家，成果卓著的科学家、散文大师。毕生从事学术和宗教哲学研究，主要著作有《外省通信》、《思想录》、《几何学的精神》等。

敬 启

在本书编著的过程中,我们积极联系广大作者,也得到了绝大部分作者的同意,在此我们表示衷心的感谢。但由于种种原因,尚有少数著作权人未能取得联系,请原著作权人见到本书后,联系010—59767135,我们将按照国家相关规定支付稿酬。

本书所涉部分作品版权由中国文字著作权协会代理,地址:北京市朝阳区京广中心商务楼四层,邮编:100020,电话:010—65978906,传真:65978926。Email: chinacopyright@yahoo.cn